**Couvertures supérieure et inférieure
en couleur**

LÉON DE TINSEAU

VERS L'IDÉAL

PARIS

CALMANN LÉVY, ÉDITEUR

RUE AUBER, 3, ET BOULEVARD DES ITALIENS, 15

A LA LIBRAIRIE NOUVELLE

1896

DERNIÈRES PUBLICATIONS

Format grand in-18, à 3 fr. 50 le volume.

VERS L'IDÉAL

CALMANN LÉVY, ÉDITEUR

DU MÊME AUTEUR

Format grand in-18

Format grand in-8° Jésus

IMPRIMERIE CHAIX, RUE BERGÈRE, 20, PARIS. — 23008-11-05. (Encre Lorilleux).

LÉON DE TINSEAU

VERS L'IDÉAL

PARIS

CALMANN LÉVY, ÉDITEUR

ANCIENNE MAISON MICHEL LÉVY FRÈRES

3, RUE AUBER, 3

—

1896

VERS L'IDÉAL

I

Mon château — j'entends le château de mes
rêves — n'est pas facile à trouver dans le
solitaire vallon qui l'abrite. Ceci ne veut point
dire qu'il est aux antipodes, sous les pins des
Landes ou parmi les dolmen d'un désert breton.
De ses mansardes, si peu qu'octobre ait dévêtu
les côteaux de la Marne, on peut voir le feu
tricolore de la Tour Eiffel percer la nuit.

Mais la demeure est située dans un repli de
terrain que nul ne visite, à distance égale des
deux chemins de fer qui conduisent: l'un, à
Meaux; l'autre, à Provins. Il faut, pour la découvrir, savoir qu'elle se trouve là, derrière une
douzaine d'arbres qui suffisent à la dissimuler,

car elle est grande, ou pas beaucoup plus, comme une maison de notaire, avec un seul étage. Elle a cependant une tourelle qui fait de son mieux pour mirer dans la rivière le peu de créneaux qui lui restent ; mais hélas ! le miroir est trop petit. L'autre bout de la bicoque se recommande par un porche à ogive qui serait majestueux s'il ne prêtait à rire, car c'est une entrée qui n'entre nulle part : on dirait la manche d'un amputé. Jadis on pénétrait par là dans la cour d'honneur, formant un quadrilatère complet. Mais de ces quatre côtés il n'en reste plus qu'un, voire même la moitié d'un : ce pittoresque débris constitue *mon château*.

Quel bonheur que les troupes d'Henri IV aient démoli le reste ! Impossible maintenant de s'y appauvrir, même quand on est riche. Quelques journées de couvreur pour visiter les toits aux tuiles brunes, deux sacs de ciment pour les murailles, un baril de céruse pour les volets, les portes, les cinq cents toises de palissades, et voilà, pour dix ans, l'habitation remise à neuf.

Prière de ne pas y chercher de point de vue et de longues perspectives. La prairie de dix arpents qui l'environne est plate comme la main; la rivière si paresseuse, qu'il faut regarder longtemps les feuilles endormies sur son eau d'émeraude pour discerner la direction du courant. Mais quoi de plus gai, de plus heureux que ce morceau de castel, avec ses lierres, ses glycines, le tapis toujours neuf de sa pelouse, les pigeons se pavanant aux gouttières, le grouillement affairé des canards exotiques, l'épagneul dormant sous le porche qui laisse voir l'arrière-plan d'un côteau boisé!

Et la châtelaine de *mon château !*... Si, en ce moment, vous la voyiez sortir sous son ombrelle, dans son frais peignoir rose, pour aller cueillir ses fleurs, vous oublieriez l'insuffisance du paysage... Hélas! *mon château* n'est pas à moi!

Il y a deux ans, par un beau jour de septembre, un sous-lieutenant de dragons en petite tenue arrêta son cheval au tournant du chemin, devant la barrière ouverte. Son képi en arrière, son cigare au coin des lèvres, son manche de fouet sous le bras, il étudiait la carte d'état-major qu'il avait eu soin de mettre dans sa poche.

— Pas commode à découvrir, la position ! murmura-t-il entre ses dents. Mais j'y suis, ou que le diable m'emporte ! C'est drôle : j'aurais cru ce richard installé d'une façon plus imposante !

Il replia son papier et dit un mot à sa jument, dont les sabots foulèrent bientôt le sable d'une allée entretenue avec amour. Sur le seuil d'une cuisine aux casseroles étincelantes parut la divinité du lieu, majestueuse dans la gloire immaculée de son tablier blanc.

— Je suis bien chez monsieur Adrien La Houssaye, au Mûrier ? questionna le jeune homme.

— Oui, monsieur ; entrez : mon maître est à table.

— A table ? A deux heures ? Sans doute, il a du monde ?

— Non, il était à la chasse. Et quand il est à la chasse...

— Dieu sait quand il rentre, n'est-ce pas ?

Un valet de chambre de bonne mine se montrait sur le perron de trois marches, la serviette à la main. Il appela : un homme d'écurie parut, en costume de travail, et s'empara de la monture que le visiteur avait quittée. Bientôt après, celui-ci pénétra dans une salle à manger ouvrant sur l'autre façade. Un grand jeune homme d'une trentaine d'années, robuste et musculeux sans un atome de graisse, lisait un journal de sport en face d'une table d'ébène où de rares pièces d'une lourde argenterie étincelaient superbement.

L'officier entra, la main tendue; Adrien La Houssaye parut hésiter.

— Naturellement, vous ne me reconnaissez pas, dit le visiteur. Je me préparais à Saint-Cyr, quand vous m'avez vu pour la dernière fois, — et c'était en Bretagne, — dans une réunion publique... où nous nous sommes regardés en chiens de faïence.

— Je me souviens : vous accompagniez votre père. Et voilà ce qu'est devenu le petit Fernand de Louarn en... quatre ans !

La puissante main de La Houssaye parut engloutir la main fine et nerveuse du dragon.

— J'espère que vous n'avez pas déjeuné? continua-t-il.

— Si, à mon mess. Et j'ai eu le temps de courir la Brie à cheval pendant deux heures,

avant de découvrir le Mûrier et son propriétaire... ou locataire?

— Vous disiez bien. Je suis le seigneur du
lieu. Donc, vous voilà des nôtres, en garnison
à Meaux, sans doute?

— Depuis trois semaines. Je commence par
vous ma tournée de visite aux châtelains. Je
puis vous faire maintenant la déclaration que
le respect, autrefois, retenait sur mes lèvres :
je vous aime bien, monsieur La Houssaye.
Voulez-vous me permettre d'ajouter que je vous
admire?

— Non; et surtout je ne vous permets pas
de m'appeler monsieur. Tenez-vous donc à me
convaincre que je suis un vieillard? J'ai trente
ans, c'est vrai !

Adrien soupira pour rire; puis il ajouta
sérieusement :

— Quant à l'amitié, c'est chose convenue.
Votre père... jadis, me comblait de bontés...

— Mon cher La Houssaye, dit le lieutenant,
débutons par la franchise. Que s'est-il donc
passé entre mon père et vous? Ce n'est pas au
collège Stanislas, ni à Saint-Cyr, ni à Saumur
qu'on apprend l'histoire de sa famille. J'ai

constaté « un froid », mais sans demander aucun détail. Et, comme vous avez quitté le pays...

— Froid électoral, pas autre chose. Mon père a soutenu jadis les élections du vôtre, qui était alors monarchiste. Nous avions mille ouvriers dans notre usine de Bretagne, et nous étions des électeurs influents. Mais il y a eu des changements de plus d'une sorte. Mon père est mort ; Pierre de Louarn s'est rallié ; moi, qui n'aime pas l'industrie, j'ai passé la main à une Société anonyme afin de pouvoir me livrer à mes goûts, fort peu industriels. Quoi qu'il en soit, votre père m'a vu accorder à d'autres l'influence que j'ai pu conserver en Bretagne. Je ne suis pas rallié, moi. Et Pierre de Louarn n'ayant pas été heureux dans sa lutte, son ressentiment fut d'autant plus amer. Que fait-il ? Où en est-il ? Comment va-t-il ? Au fond, vous savez, je regrette beaucoup cette demi-brouille. La politique, au train dont vont les choses, devrait unir et non pas diviser ceux dont la peau sera trouée le même jour.

— C'est mon avis. Tout de même il est étrange que *vous* soyez resté royaliste et que mon père... Enfin c'est lui qui m'a donné votre adresse, conseillé d'aller vous voir et de me faire beaucoup piloter par vous. Donc, la brouille n'est pas bien forte, et surtout pas irrémédiable.

— Et surtout, dit Adrien avec le sourire très doux qui accompagne ordinairement la grande force physique, elle ne s'étendra pas à la seconde génération. Maintenant, que voulez-vous boire ? Il n'y a que de l'eau sur ma table : manie d'original. Mais le Mûrier possède une cave assez fraîche, à l'usage des amis.

Après quelques rasades de madère, — du madère véritable : saluez, gourmets ! — Fernand de Louarn fut convié à la visite domiciliaire, féconde en surprises ; car ce logis, tombé aux proportions d'une rente modeste, était visible-ment équipé, meublé, entretenu par un mil-lionnaire. Cela ne veut pas dire que les meubles étaient nombreux et que les murs disparais-saient sous les tableaux et les tentures. L'aspect général, au contraire, était froid et même un peu nu pour les habitudes françaises. L'objet *inutile* était rare ; mais le moindre ustensile, depuis le tire-bottes du cabinet de toilette jusqu'au verre de cristal fin où ce jeune anachorète buvait de l'eau, était la perfection du genre. Il n'y avait au salon, en fait de toiles, que les portraits du père et de la mère d'Adrien, par Bonnat; mais le piano sortait des ateliers d'Érard, et les fauteuils étaient des chefs-d'œuvre introuvables de commodité. Ne connaissez-vous pas des salons de Crésus où il est impossible de s'asseoir sans gagner des courbatures?

Au râtelier, deux fusils seulement, payés chacun soixante guinées chez Purdie à Londres. L'écurie, simple comme une grange, ne contenait que trois chevaux : une bête de chasse irlandaise, incomparable, et deux ponettes que tous les amateurs du Bois s'arracheraient à prix d'or si demain elles étaient en vente. La cuisinière ne faisait qu'un plat quand Adrien était seul, chose qui arrivait le plus souvent; mais ses moindres salmis étaient des poèmes. Les loisirs de la bonne femme, toutefois, n'étaient pas si grands qu'on pourrait croire: elle était chargée de donner du pain à chaque pauvre qui heurtait à la porte de l'office, et de porter du bouillon aux malades voisins, avec des pièces blanches qui devenaient jaunes si la famille était nombreuse. Aujourd'hui, c'est la maîtresse de maison elle-même qui fait cette besogne.

Fernand regarda beaucoup et parla peu. Comme il faisait, avec son hôte, le tour du jardin, qui pouvait bien contenir un hectare, il découvrit une statue de Lourdes dans une sorte d'oratoire formé par des buis gigantesques.

— Ah çà! dit-il en regardant le propriétaire, est-ce que, par hasard, vous seriez un saint? De l'eau sur la table, pas la moindre frimousse féminine au salon ni dans la chambre; une bonne Vierge sous la charmille...

— Vous avez tôt fait de canoniser les gens, mon officier; mais il faut en rabattre. Je n'aime pas le vin. Mes chasses, mes chevaux, mes voyages, ma bicyclette, m'ôtent le temps de collectionner des frimousses. Quant à la statue, elle a son histoire que je vous conterai tout à l'heure. Dans un bon fauteuil et, j'espère, avec un bon cigare, vous trouverez l'histoire moins longue.

Ils rentrèrent, et La Houssaye, voyant son auditeur bien installé, prit la parole :

— Je suis si peu un saint, que j'ai débuté dans la vie, après la mort de mon père, en causant la mort d'un homme.

— Je sais, dit Fernand. Comme je vous ai envié à cette époque! J'en étais à mon cours préparatoire; et je voyais en vous le type du héros de roman.

— Il n'y avait pas de quoi m'envier, mon ami. Je frissonne encore en me rappelant ce que j'éprouvais, dans les rues de Nantes, quand je croisais le père ou la mère de ce malheureux assez fou pour venir se tuer chez une immonde créature, qui l'avait quitté pour moi, c'est-à-dire pour mon argent. Alors déjà, mon intention était d'abandonner l'industrie, qui m'ennuyait fort. Et puis, du moment que tout patron est un malfaiteur, au dire des grands philosophes... bien obligé! Après la misérable aventure, je n'aimais plus la Bretagne. J'ai voulu tâter de Paris; mais, passé dans la catégorie des oisifs, je m'ennuyais d'une façon effroyable. Depuis certain coup de pistolet, j'éprouve, à côté des femmes spécialement chargées de distraire les imbéciles, de petits frissons nullement voluptueux.

— Vous avez le cadavre triste, remarqua Fernand. Ce n'est pas vous qui inviteriez l'ombre du Commandeur à boire le champagne à la bonne franquette.

— Oh! mon ami, ne cherchez pas en moi l'étoffe de Don Juan! Tout de même je trouve que Paris a du bon. J'aime la musique et le théâtre, et aussi le monde, pour huit jours de temps en temps. J'ai compris assez vite ce qu'il me fallait : une maisonnette à deux heures du boulevard, et une chambre en ville, où je pourrais laisser un habit et des cravates blanches, quitte à ne pas les user beaucoup. En ce temps-là, précisément, un jeune homme qui achevait de manger sa fortune voulait en vendre le dernier morceau, la petite propriété que j'habite. Nous nous sommes entendus en un quart d'heure : j'acceptais son prix et la condition, posée par lui, de respecter sa *Sainte Vierge*, ce qui, d'ailleurs, ne me déplaisait nullement.

— Voilà, dit Fernand, un singulier type de « jeune homme qui mange sa fortune » aux pieds d'une Madone!

— Oui, n'est-ce pas? Il faut vous dire que

cet enfant prodigue est un prêtre comme on
en voit peu, trop peu. Son père, un capitaine
de vaisseau en retraite, lui laissait une aisance
large. Il a mis le pied dans le monde, et je
pense qu'il aura été mordu au cœur par quelque
chagrin. Il a tout quitté pour le séminaire.
D'ailleurs, c'est une âme d'apôtre. La soutane
sur le dos, il est allé, à la demande de son
évêque, fonder une paroisse dans un pays de
mécréants, à l'autre bout du diocèse. Il a bâti
l'église, le presbytère, l'école, avec son argent.
De sa petite fortune, il lui reste de grosses
dettes et la statue devant qui sa mère venait
prier pour le retour du navigateur. Vous voyez
que ce n'est pas moi qui suis le saint. Dans
vos manœuvres, si jamais vous passez à La
Morinière, entre Château-Landon et Souppes,
allez voir le curé, l'abbé Esminjeaud. C'est un
des hommes les plus intéressants que je con-
naisse, toute sainteté à part. Et, s'il prêche, ne
manquez pas d'assister au sermon. Vous enten-
drez la véritable éloquence.

— Mon cher La Houssaye, dit l'officier,
voulez-vous me permettre de répéter que je
vous admire et d'ajouter que mon admiration

augmente? Vous êtes le plus grand sage du
xixᵉ siècle, ou vous êtes un affreux avare. Mais
un avare ne donne point à ses amis des cigares
pareils. Moi, si j'avais votre fortune, — deux
millions d'après le bruit public, — j'aurais un
château, une grande écurie, un chenil, des
piqueurs, un troupeau de domestiques, tout
ce qui embarrasse la vie en un mot, voire même
des dettes. Comme vous êtes plus heureux!
Qui vous a enseigné cette philosophie?

— J'ai regardé autour de moi et je n'ai vu
que des pauvres, c'est-à-dire des gens qui ne
peuvent pas faire ce qu'ils voudraient, parce
qu'ils n'ont pas d'argent de poche. L'argent
de poche, mon ami, est le seul qui rende la
vie précieuse; l'autre ne compte pas. J'ai une
douzaine de voisins qui m'écrasent de leur
luxe: je ne m'en porte pas plus mal, comme
vous voyez. Mais si je leur parle de faire un
voyage, — le voyage est une de mes passions,
— ils m'opposent vingt motifs pour ne pas
bouger de chez eux; le vrai motif, je le connais: une perte au jeu ou aux courses; une
aile ajoutée au château, un mobilier som-
ptueusement refait, une petite amie trop gour-

mande, une loge qu'on a prise à l'Opéra. Sans
le château, sans le club, sans l'écurie et sans
mademoiselle, tous ces gens-là auraient de
l'argent de poche, et seraient aussi enchantés
que moi d'un hiver aux Indes parmi les tigres,
ou d'un été en Norvège, sur un bon yacht,
parmi les saumons. Et, surtout, ils ne com-
mettraient pas cette faute, si grosse de périls
aujourd'hui, qui est d'exaspérer les pauvres
par un luxe trop voyant.

— C'est ce que dit mon père, fit observer
Fernand de Lotiarn. Vous savez : les questions
sociales, c'est son dada.

— Oh ! je suis d'accord avec votre père sur
beaucoup de points. Mais où en est-il de ses
questions sociales ? N'allant plus en Bretagne,
je ne l'ai pas aperçu depuis un siècle.

— Eh bien ! dit l'officier en prenant son képi
et son stick, j'espère que vous le verrez sous
peu. Il va venir inspecter mon établissement
de Meaux. Chez un soldat, la politique est
ignorée et j'aurai grand plaisir à voir votre
main se poser encore une fois dans celle de
mon père.

— Ce ne sera pas un moindre plaisir pour

moi. D'ailleurs, nous marchons si vite en avant,
que la perspective des idées se modifie. Pour
vous parler franc, les miennes s'embrouillent,
et si votre père, même avec son *Socialisme chrétien*, pouvait les débrouiller... Mais, comme on
chante à Leipzig, amusons-nous pendant que
nous sommes jeunes. Quel jour. venez-vous
déjeuner ? En sortant de table nous attellerons
les ponettes et nous irons faire notre cour à
ma voisine, la belle madame Montgodefroy.

— La femme du banquier ?

— Et la châtelaine de Saint-Urbain. Elle
vous tournera la tête, car, en votre qualité de
très jeune homme, vous ne devez pas avoir
peur des Junon de quarante ans.

— Oh! moi... Junon, Diane, Vénus, tout
me convient, pourvu que la déesse soit jolie.

— Bien parlé, mon maître ! Je vois que vous
seriez encore sur le mont Ida, étudiant les
pièces du procès fameux, si vous aviez eu la
chance de ce coquin de Pâris.

II

Huit jours après, date convenue, les deux jeunes gens causaient encore ensemble dans le salon du Mûrier. Le déjeuner venait de finir, moins simple que les déjeuners ordinaires d'Adrien La Houssaye.

Ils avaient très vite rompu la première réserve. L'*admiration* du lieutenant pour son ami n'avait pas diminué depuis qu'il le connaissait davantage ; et rien n'était plus facile que de connaître un homme toujours prêt à laisser voir sa vie, qui ne cachait ni pose, ni ambition, ni faute grave.

— Eh bien ! dit le maître du logis en consultant la pendule, sommes-nous prêts ?

— Nous sommes prêts, dit le jeune Louarn

en souriant. Nous avons pris *mon* café, nous avons·fumé *mon* cigare et nous achevons de siroter *ma* chartreuse verte. Vous avez l'hospitalité un peu décourageante au premier abord ; mais vous voyez que je m'y suis fait très vite. Jurez-moi que vous ne méprisez pas un convive pourvu de tous les défauts que vous ignorez.

— Vous êtes dans le vrai ; c'est moi qui ai tort. Les défauts d'un peuple constituent la base des impôts. Si, l'an dernier, tous nos compatriotes s'étaient mis à boire de l'eau claire et à renoncer au tabac, il aurait fallu renvoyer les dragons chez eux, ce qui priverait madame Montgodefroy d'une belle visite.

Naturellement, quand ils furent en route, les deux amis continuèrent à causer de la châtelaine de Saint-Urbain.

— J'ai pu voir, dit Fernand, qu'elle n'est pas très populaire chez nous. Mes camarades la fréquentent peu.

— C'est qu'elle ne les invite guère. Elle dit que les officiers sont trop voyants. C'est une femme très habile à ne point se compromettre.

— En effet. Quand on en parle au mess, il y a de petits clignements d'yeux... mais pas une histoire précise. Or je vous assure qu'un mess de dragons est le terrain par excellence pour « les histoires précises ». La belle Marthe, comme nous l'appelons, passe pour infiniment spirituelle et pour la femme la mieux faite de Paris.

— Eh! dit Adrien, ce que l'on voit de sa personne, — et l'on en voit beaucoup dans certaines occasions, — donne une haute idée de sa plastique. Pour son esprit, je crois que c'est moins substantiel. Mais elle possède une qualité inconnue aux Parisiennes, qualité qui ne manque jamais de valoir, même à une sotte, la réputation de femme d'esprit : elle écoute les gens. Pour nous autres, la femme la plus spirituelle n'est pas la mieux causante : c'est celle qui nous laisse le plus causer. Voilà pourquoi j'aime les étrangères, qui ont cette politesse et d'autres encore.

— Enfin, voyons, la belle Marthe doit bien avoir quelques défauts?

— Croyez-vous que je passe mon temps à l'observer ? Mais, de fait, chacun peut voir qu'elle est dévorée du mal moderne : le besoin de la nouveauté, la chasse aux idées.

— Y voyez-vous un grand mal ?

— J'y vois du moins un danger. Cette fringale de l'inconnu m'inquiète chez les femmes parce que, presque toujours, elles concrètent l'idée dans un homme. Pour elles, embrasser une idée veut trop souvent dire embrasser un monsieur.

— Bon, cela ! Quelle idée neuve pourrais-je bien faire embrasser à la belle Marthe ?

— Dame ! il faudra chercher un peu. Ma voisine est aristocrate et impérialiste de naissance, étant fille du comte de Renuzart, un chambellan. Mésalliée après quatre ou cinq ans de famine due aux malheurs de la dynastie, cette jeune femme devint républicaine, dit-on, lorsque Gambetta eut dîné plusieurs fois chez elle. De cette amitié illustre, elle a gardé l'habitude, un peu fatigante pour les autres, de déclamer contre tout. Elle a déclamé successivement, assurent les historiens, contre le 16 mai, contre l'avarice d'un président, contre le Panama, contre les Juifs ; et chacune de ces déclamations coïncidait avec l'entrée en scène d'un nouveau monsieur. Quand je suis venu au Mûrier, voici bientôt cinq ans, nous en étions au boulangisme.

— Ah ! ah ! le général avait... dîné !

— Pas lui, mais un de ses fidèles, un malin qui pêchait, dans le sillage du navire, les sirènes dédaignées. Le navire perdu sur les écueils, nous avons oublié la politique pour les nouveautés de l'art. Wagnérisme, impressionnisme, décadentisme, pessimisme, symbolisme..., tous les *ismes* du monde ont défilé sous mes yeux, représentés à l'état concret soit par un compositeur, soit par un peintre, soit par un poète, soit par un simple fumiste. Ce fut la période mérovingienne, c'est-à-dire des cheveux longs. Maintenant préparez-vous à faire connaissance avec la calvitie précoce et les idées collectivistes de l'apôtre Thomassin.

— Comment ? Le collectivisme chez Montgodefroy ! Ce millionnaire réchauffe le serpent dans son sein !

— Oh !... dans le sein de sa femme, tout au plus. Mais il a vu réchauffer, et surtout rafraîchir, tant d'animaux de tous les genres, qu'il ne fait plus guère d'attention à cette ména-

gerie. Tel un père dont la progéniture élève
des lézards après s'être dégoûtée du ver à soie.
Quelqu'un, en revanche, qui me parait souffrir
de ces... bizarreries, c'est ma petite amie
Louise, la fille de la maison. Elle a parfois,
une façon de regarder sa mère qui fait un
peu mal. Au reste, on la voit à peine; c'est si
gênant de continuer devant une petite fille les
conversations d'aujourd'hui !

On entrait dans l'avenue bordée de lampa-
daires, terminée, à distance majestueuse, par une
construction irréprochable, mais banale dans
son élégance correcte, un peu trop semblable
aux mairies que se bâtissent aujourd'hui les
grandes villes. Des allées aux blancheurs de
route, où séchait l'arrosage des cantonniers,
sillonnaient, avec une précision digne des Ponts
et Chaussées, un parc fidèlement copié sur un
square ; l'œil s'étonnait de voir les bancs vides
sans leur clientèle ordinaire d'enfants, de trou-
piers et de bonnes. Sur des pelouses merveilleuses, les plaques de fonte des bouches
d'irrigation remplaçaient les monticules des
taupes. Une taupe à Saint-Urbain! Pourquoi
pas un terrassier dans un *garden-party*? De

larges trottoirs d'asphalte régnaient tout autour
de l'habitation, dont les grandes fenêtres,
d'une seule glace, laissaient deviner des
soieries lourdes.

Il était facile de comprendre qu'Honoré
Montgodefroy, quand il avait bâti cette résidence un peu avant la guerre, s'était inspiré
des splendeurs encore nouvelles du parc Monceau et des palais qui l'entourent. Tels ces
grands seigneurs d'autrefois qui copiaient dans
leur terre un bout du palais de Versailles et
de son parc. Il est d'ailleurs plus facile de
copier M. Haussmann que de copier Louis XIV,
et cela n'expose à aucune disgrâce les Fouquet
d'aujourd'hui. Que Dieu garde leurs descen-
dants de certaines rancunes moins royales!

L'architecte de Saint-Urbain, homme d'esprit
sinon de génie, avait eu l'heureuse modestie
de copier pour les Montgodefroy le *hall* célèbre
d'une habitation voisine, récemment inaugurée
par une impériale visite. L'énorme pièce était
déserte quand les deux amis y pénétrèrent;
le jour venu du plafond éclairait une amusante variété, non seulement de choses mais
d'ensemble de choses, car chacun des coins

de cette cathédrale du culte mondain, où l'immense cheminée remplaçait le chœur, était comme une chapelle affectée à quelque rite spécial. On pouvait choisir entre le coin de la musique, avec son monumental piano, et le coin de la lecture avec ses casiers de livres, sa table chaque matin jonchée de journaux et de revues. Il y avait le coin des jeux avec son billard hollandais, ses tapis verts et même sa roulette; enfin, il y avait le coin de la causerie avec ses fauteuils moelleux, ses chaises légères et le simulacre d'un métier où pâlissaient, depuis plus d'une saison, les personnages d'une idylle appelée sans doute, comme beaucoup d'idylles commencées au même lieu, à rester une ébauche. Les murs étaient tapissés de toiles, toutes modernes, toutes payées cher. Quelques-unes, à vrai dire causaient le vertige de la folie; mais on pouvait étudier, d'après cette collection, la décadence de la peinture française dans le dernier quart du siècle.

Comme Fernand de Louarn comprimait une exclamation d'horreur à la vue de certaines œuvres de ce musée, son compagnon lui dit, presque à voix basse :

— Ne vous avais-je pas prévenu? Faites
provision de philosophie, car vous verrez plus
fort, en d'autres genres. Aussi bien n'est-il
pas amusant de découvrir que les excommuniés
de jadis, les Courbet, les Manet, qui forment
le point de départ de cette galerie, donnent
aujourd'hui l'impression de l'archaïque et du
régulier, quand on les compare à leurs petits-
neveux? Entre nous, le courant marche vite,
et, le diable, c'est qu'il n'emporte pas seulement des croûtes!

— Comment! fit le dragon, vous êtes pessimiste? En cela je vous approuve moins.

— Oh! ce n'est pas mon état naturel; mais
je ne puis entrer chez ces hauts barons du
capital sans trembler. On y sent mieux qu'ailleurs la poussée des hautes eaux qui balaient
tout, même les gros troncs d'arbres, vers l'abîme.

D'une sorte de tribune qui faisait le tour du
hall et sur laquelle s'ouvraient les appartements
de l'étage, une voix se fit entendre, un peu sèche
dans la décision qui marquait les paroles:

— Ne vous impatientez pas; je descends.

Deux minutes après, Marthe Montgodefroy
tendait la main, sans effusion particulière, à

« son voisin », comme elle daigna l'appeler.
Fernand de Louarn, dûment introduit, s'inclina,
et tous trois s'assirent près de la cheminée,
sur de solennels fauteuils Louis XIV consacrés
aux visites de cérémonie.

Alors commença la conversation, toujours la
même en pareil cas. Le nouveau venu était-il
content de sa garnison? Avait-il pu se loger
convenablement? Ne se réjouissait-il pas du
voisinage de Paris? Aimait-il la chasse? Pal-
pitantes questions qui auraient été posées,
dans le même ordre, à l'un quelconque des
sous-lieutenants de la promotion faisant sa
première visite à Saint-Urbain. Fernand de
Louarn, tout en subissant la banalité de l'entretien, examinait madame Montgodefroy de
son œil tranquille de Breton, sans ressentir le
trouble qu'elle était habituée à voir chez les
hommes très jeunes admis en sa présence.

Elle était faite cependant pour troubler, à
cause de la surabondance de féminin que déga-
geait toute sa personne, chacune de ses atti-
tudes, le moindre de ses gestes. Ce n'était pas
qu'elle eût rien de provocant dans sa mise ou
dans sa manière d'être. Mais les lignes parlaient

haut à l'imagination, sans arriver toutefois
à l'exagération de contours qui menace les
femmes de quarante ans.

Et, certes, nul n'aurait pu dire que Marthe
n'était pas grande dame, très Renuzart malgré
tous les Montgodefroy du monde, alors qu'elle
donnait audience à ses visiteurs dans le fauteuil à la Maintenon qui seyait à sa haute
taille. De ses bottines anglaises jusqu'au col
« officier » de sa robe de laine tout unie, l'œil
ne trouvait pas un trait douteux, soit sous la
fausse discrétion des plis, soit dans les portions
de sa personne que dessinait le vêtement ou le
hasard de la pose. Nul homme ne pouvait
oublier, en la voyant, qu'elle passait pour « la
femme la mieux faite de Paris ». Un connais-
seur eût trouvé que la robe méritait le même
éloge que la femme.

En revanche, les flatteurs eux-mêmes n'ont
jamais prétendu que la châtelaine de Saint-
Urbain est jolie.

On croirait que la nature, satisfaite de son
œuvre, n'a pas voulu que le visage vienne distraire longtemps les yeux de l'admiration qu'ils
doivent au reste. Cependant, la tête est petite ;

et ceux qui ont beaucoup observé savent qu'une femme n'est jamais laide quand sa tête reste au-dessous des proportions moyennes. Les yeux gris, dans l'ombre chaude que projettent les sourcils un peu forts, ne cessent de poser l'éternelle question du sphinx féminin à la sensualité masculine; mais ils la posent froidement, sûrs, on le sent, de la réponse qui leur sera faite. La bouche est grande, mordante; ses lèvres minces fournissent l'argument suprême aux gens qui affirment, après une rebuffade, que Marthe Montgodefroy ignore la passion. Qu'en savent-ils?... Mais laissons croire aux apprentis féministes que la lèvre charnue est l'infaillible symptôme, l'obligatoire accompagnement d'une nature voluptueuse.

La châtelaine, au cours de l'entretien, parut désireuse de savoir pourquoi le jeune dragon s'était fait présenter par Adrien La Houssaye.

— Non pas que vous puissiez choisir un introducteur plus digne, s'empressa-t-elle d'ajouter, en devinant un sourire dans la barbe du « voisin ». Mais l'ermite du Mûrier ne se dérange pas pour si peu de chose, d'ordinaire.

— Oh! madame, répondit Adrien, ce n'est

pas peu de chose que de satisfaire le désir d'un ami. Et Fernand de Louarn est mon ami, sans compter qu'il est mon compatriote.

A ce nom de Louarn, qu'elle avait entendu imparfaitement d'abord, la belle Marthe parut s'éveiller.

— Quoi ! demanda-t-elle au lieutenant, seriez-vous le fils du célèbre Socialiste chrétien ?

— Je n'ai jamais entendu mon père se donner ce titre, fit le jeune homme rembruni. Chrétien, il l'est fort, ce qui n'a rien pour étonner chez un Breton. Socialiste... le mot est gros, et l'étiquette pas trop flatteuse.

Madame Montgodefroy ne se souciait pas d'aborder dans une première entrevue des questions un peu « grosses », en effet. Détournant la conversation, elle dit :

— Votre père sera charmé d'apprendre que son fils est chaperonné par le plus... raisonnable des mentors. N'est-ce pas que c'est tranquille, reposant, calmant, le Mûrier ?

On devinait une jolie dose de moquerie sous les adjectifs. Adrien répondit :

— Voilà pourquoi, sans doute, le lieutenant de Louarn était fort empressé de faire connaissance avec Saint-Urbain, qui n'a la réputation d'être ni tranquille, ni reposant, ni calmant.

— S'il vous plaît, monsieur, dit la châtelaine en se retournant vers l'officier, admettez provisoirement qu'on fait des folies chez nous. Pour le moment, il faudra croire votre ami sur parole. Saint-Urbain vous paraît mortellement ennuyeux ; mais on tâchera de vous le montrer sous un jour moins sombre. Venez dîner dimanche ; vous trouverez mon oncle le marquis de Villegarde, et quelques Parisiens, de ceux que les Anglais appellent : *From-Saturday-to-Mondayists*, parmi lesquels mon mari. Naturellement, monsieur La Houssaye partage l'invitation.

D'un salut cérémonieux, Adrien montra qu'il acceptait. Fernand, se grattant l'oreille, semblait réfléchir.

— En vérité, fit-il, je n'ose vous répondre aujourd'hui, madame. Le régiment, chaque dimanche, émigre en masse à Paris ; c'est à qui se fera remplacer et, comme nouveau venu, c'est souvent moi qui remplace. Demain, j'aurai l'honneur de vous écrire la décision du sort à mon endroit.

La visite, assez courte, était finie. Comme les jeunes gens se retiraient, madame Montgodefroy leur dit :

— Si vous n'êtes pas pressés, faites le tour du parc en voiture et sortez par la grille de la forêt. De cette façon, monsieur de Louarn connaîtra les deux routes qui mènent au Mûrier.

Quand le *dog-cart* roula dans les allées, Fernand dit à son compagnon :

— Vous m'avez tout l'air d'être en état d'hostilité sourde avec la maîtresse de céans. Que vous a-t-elle fait ? Que lui avez-vous fait ? Ou que ne lui avez-vous pas fait ?

— Mon Dieu ! répondit Adrien, nous sommes très bons amis au fond. Mais, à la surface, nous ne possédons ni les mêmes goûts ni les mêmes idées ; et, comme j'ai mauvais caractère, je fais ressortir les divergences. Vous tenez là, si vous voulez vous en servir, un puissant moyen de séduction : le contraste.

— C'est possible, mais je ne compte pas m'en servir. La dame, je ne sais pourquoi, me déplaît. Vous l'avez entendue habiller mon père ? Dirait-on pas qu'ils ont gardé les socialistes ensemble ? Je ne pouvais refuser son dîner à brûle-pourpoint; mais soyez sûr que le colonel aura besoin de moi dimanche.

Comme le dragon disait ces mots, les chevaux traversaient un pont rustique jeté sur une rivière pour rire, encaissée entre des escarpements de rochers artificiels. A la sortie du pont, ces rocs, dominant la route, formaient une anfractuosité de quelque profondeur, destinée à servir d'abri contre le soleil ou la pluie. On ne pouvait l'apercevoir, du côté de la rivière, qu'en y arrivant; de telle façon que les promeneurs se trouvèrent à l'improviste en face de l'imposante réunion qui l'occupait alors. Sur un fauteuil de roseaux tressés, une jeune fille blonde, rose, de taille médiocre, avec le regard mélancolique de Mignon dans ses prunelles bleues, était entourée d'une demi-douzaine de gamines en costume villageois qui semblaient boire ses paroles et ses gestes.

Adrien arrêta ses chevaux et dit, chapeau bas, mais sans descendre de voiture :

— Bonjour, mademoiselle Louise! Nous quittons madame votre mère, à qui j'étais allé présenter mon ami de Louarn; et je vous le présente, avec votre permission.

Louise Montgodefroy, sans bouger de son fauteuil, répondit au salut de l'officier par une inclination de tête gracieuse, où l'on devinait une réserve voulue, mais nul embarras. En même temps, d'un geste obéi aussitôt, elle commandait à son auditoire de se tenir debout en présence des deux étrangers. Tout cela ne sentait guère la petite fille et contrastait avec le ton quasi paternel d'Adrien qui demandait:

— Vous avez donc congé, aujourd'hui ?

— Oui, si c'est avoir congé que de faire travailler les autres, dit une voix calme et profonde.

— Et peut-on savoir ce que vous apprenez à vos élèves?

— Le catéchisme, monsieur.

— Oh! ce n'est pas bien difficile.

— Vous croyez? Ce n'est pas l'avis de mes élèves, ni de certaines personnes plus avancées en âge.

— Eh bien, je vous laisse à votre classe. D'ailleurs, nous dînons ensemble dimanche. Madame Montgodefroy m'a invité.

Les yeux bleus eurent un imperceptible tres-saillement et, l'équipage éloigné, la jeune caté-

chiste reprit sa tâche. Mais elle était distraite
et oubliait parfois de corriger quelque mons-
trueuse hérésie.

Pendant ce temps-là, Fernand disait à son
ami :

— Voilà une charmante personne ! Quel âge
a-t-elle ?

— Je n'en sais rien. Elle a eu quatorze
ans pendant plusieurs années. Mais je viens
de voir qu'on a enfin sauté le pas des robes
longues... Avec une mère comme la sienne,
je me demande si elle pourra venir à bout
d'avoir dix-huit ans ce siècle-ci.

— Vous ne l'y aidez pas, dit Louarn en
riant. Vous la traitez comme une pensionnaire.

— Que voulez-vous? Elle a encore une institutrice et on l'envoie régulièrement dans sa
chambre à neuf heures et demie, sous prétexte
qu'il n'y a pas moyen de causer devant les
enfants.

— Pauvre petite ! Elle ne semble pas très
heureuse.

— Mon ami, quand vous aurez vu beaucoup
de jeunes filles parisiennes, vous compterez

celles qui « semblent très heureuses ». Aussi,
pour moi qui observe, le monde est lugubre.

— Oh ! ne croyez pas que les provinciales
sont plus drôles, déclara Fernand. Ma sœur,
qu'on ne peut pas appeler une Parisienne, a
toujours l'air de porter le diable en terre.

— Croiriez-vous, dit Adrien, que je connais
très vaguement mademoiselle de Louarn ?
Quand je l'ai vue, elle était une petite fille, et
moi un jeune blanc-bec... Nous en sommes
restés là. Vous savez qu'il y avait dix lieues,
— sans chemin de fer, — entre nos usines du
Couëron et votre habitation du Bout-du-Bois.

— Nous passions nos hivers à Nantes. Vous
auriez pu venir chez nous.

— Oh ! pardon ! Vous remontez aux croisades
et mon grand-père était forgeron à l'arsenal
de Lorient. J'ai le respect de la hiérarchie
des classes.

— Quelle drôle d'idée !... Enfin, nous ne
sommes plus en Bretagne. Vous verrez bientôt
mon père et ma sœur. Pauvre Antoinette ! je
voudrais tant l'amuser un peu... Mais dites-
moi, cette jeune personne que nous venons de
voir est-elle fille unique ?

— Parfaitement unique. Ce sera une héritière en vue ; car aux millions paternels viendra s'ajouter la fortune de son oncle de Villegarde, qui ne s'est pas marié.

— Mâtin ! exclama Fernand.

Et il tomba dans une rêverie silencieuse.

III

Lorsque, le dimanche suivant, La Houssaye pénétra dans le hall de Saint-Urbain, le premier visage que ses yeux rencontrèrent fut celui de Louarn. Dès qu'un aparté fut possible entre eux, Adrien demanda :

— Que se passe-t-il ? Je croyais que votre colonel devait avoir besoin de vous. Mais la grâce aura parlé : j'entends les grâces de la belle Marthe.

— Allons ! riposta l'officier, point de sarcasmes sur cette victime ! Je sais tout maintenant; et je ne m'étonne pas qu'on vous boude. Cruel !... vous n'avez pas voulu voir jadis que « le voisin » pouvait devenir... plus qu'un voisin.

— Oh ! je connais la légende. Parions que vous fûtes voir, cette semaine, la vieille comtesse de Cramans, qui l'a inventée? Elle en a sur chacun des habitants du pays. Elle a dû vous dire aussi que Montgodefroy paye une redevance annuelle aux anarchistes, pour ne pas être dynamité.

— Je croirais plutôt à la première légende qu'à la seconde. Ce qu'il y a de certain, c'est que le père Montgodefroy est un bien aimable homme. Je suis déjà invité pour toutes ses chasses.

— Tant mieux pour vous, car elles sont fort belles. Mais tenez-vous hors de portée du maître de céans : il a le plomb facile... Vous a-t-on présenté à tous les convives de ce soir? Tout le monde est là, je pense.

— A l'exception de mademoiselle Louise.

— Elle ne viendra que pour se mettre à table. Que pensez-vous de Thomassin qui fait son cuistre aux côtés de la belle Marthe?

— Je pense que le gilet de ce gaillard-là suffirait, à défaut d'autre chose, pour déshonorer la maison.

— Heureusement qu'il y a ici un homme

qui la relève : regardez celui qui entre avec la
petite. C'est le marquis de Villegarde ; un type
et, j'ose dire : mon type.

Il faut croire qu'il y avait réciprocité, car,
tout en apercevant Adrien, le marquis vint à
lui, la main tendue :

— Vous voilà donc, monsieur le Sauvage !
Quel bon vent, et surtout quel vent fort peut
vous amener à Saint-Urbain ?

— Bon et fort comme vous le dites, monsieur : c'est le vent de l'amitié ; il me pousse
toujours là où vous êtes. Et je vous prie de
donner un peu de la vôtre à mon jeune compatriote, Fernand de Louarn : un dragon plein
d'espérances.

— Lieutenant, dit Villegarde, je vous félicite
d'avoir un introducteur comme Adrien. Vous
choisissez bien vos amis, alors que tant d'autres
les choisissent mal.

Ces paroles, surtout les dernières, étaient
prononcées d'une de ces voix tranquilles, mais
bien articulées et remarquablement distinctes,
qui se font toujours entendre, même sans
vouloir dominer. La personne du marquis
était comme sa voix : elle ne pouvait passer

inaperçue ; mais elle séduisait plutôt qu'elle ne
s'imposait. Une taille élevée, encore élégante,
un visage frappé du sceau de la race, le contraste toujours attirant d'une chevelure déjà
presque blanche avec une moustache blonde,
ébouriffée, de mousquetaire, tout cela faisait
de Ferréol de Villegarde « un type » charmant
de la distinction française, du genre le plus
rare de tous : le genre modeste. Quelques-uns
diront que cette modestie cache, parfois, le fier
dédain de l'approbation d'autrui.

Déjà les hommes offraient leurs bras aux
voisines de table désignées. Marthe Montgodefroy s'était réservé le lieutenant, le seul qui
ne pût être considéré, ce soir-là, comme un
intime. Le maître de la maison eut à sa droite
la comtesse de Cramans déjà nommée, voisine
de campagne de petite fortune, mais de mé-
chanceté considérable, qui, au fond, détestait
les Montgodefroy. Elle se résignait pourtant à
trouver à Saint-Urbain l'agrément de la bonne
chère pour elle-même, et, pour sa fille très
laide, une problématique chance de rencontre
avec le mari choisi par le destin. Mademoiselle
de Cramans composait un des bouts de la table

avec l'institutrice et Thomassin. En face, le
marquis, Adrien et la jeune Louise, contents
d'être ensemble, causaient entre eux et pour
eux.

La conversation des autres convives était
générale, avec une saisissable froideur causée
par le visage inconnu de Louarn. Thomassin
lui-même, devenu circonspect en présence des
militaires, depuis certains contacts un peu
durs pour lui avec l'armée, gardait la réserve,
très occupé d'ailleurs à fourbir les verres de
son lorgnon, ternis par la buée du potage.
Faute d'un meilleur sujet, ou par malice peut-
être, le dragon, feignant l'ignorance, interrogea
la belle Marthe à demi-voix :

— Monsieur Thomassin est journaliste ?

La dame eut un mouvement de houle dans
ses magnifiques épaules, très dévoilées à cette
heure. Elle fit cette réponse, empruntée d'ailleurs à Thomassin lui-même :

— Il est journaliste, oui : à la façon de
Sainte-Beuve. C'est un des meilleurs critiques
d'aujourd'hui, et ce sera le maître de l'avenir.

— N'a-t-il pas fait du théâtre aussi ?

Les épaules de madame Montgodefroy, des

épaules parlantes pour qui savait entendre leur langage, indiquèrent à l'officier qu'il venait de manquer de tact en rappelant les tentatives dramatiques de Thomassin. D'une voix légèrement nerveuse, l'amie du grand homme répliqua :

— Ce fut une grande faute pour lui que de s'abaisser à écrire des pièces. Les bourgeois, dont ses revendications en faveur des pauvres gâtent le sommeil, se sont vengés du penseur sur le dramaturge.

Et, visiblement désireuse de changer l'entretien, la maîtresse de maison prit à partie son autre voisin, Cardot, le vieil agent de change, laissant l'officier aux griffes du laideron placé à sa droite.

Cependant le marquis demandait à sa petite nièce :

— Eh bien, t'amène-t-on à Villegarde, cette année, pour la Saint-Hubert ? Tu pourrais suivre à cheval : maintenant tu montes très bien.

— Hélas ! mon pauvre petit oncle, ce n'est pas moi qui peux décider la chose. Vous seul pouvez faire ce miracle.

Ferréol n'ignorait pas le moyen d'obtenir que Marthe Montgodefroy, rompant avec ses habitudes, emmenât sa fille à Villegarde pour la saison des chasses, au lieu de la laisser à Saint-Urbain. Il adorait sa petite-nièce, après avoir adoré beaucoup de femmes — autrement. L'avoir chez lui, la gâter pendant un mois, était un rêve qu'il caressait comme, jadis, il poursuivait des caprices moins innocents. Mais cette fois encore, il fallait payer le caprice, et même le payer cher : par une invitation à Thomassin, le protégé de la belle Marthe. Et le marquis hésitait.

Madame Cardot avait, comme toutes les Parisiennes, la manie d'écouter à droite quand on lui parlait à gauche. Ayant saisi un mot de la conversation entre l'oncle et la nièce, elle demanda :

— Marquis, à propos de Saint-Hubert, votre malheureux garde est-il jugé ?

— Pas encore, dit Villegarde, non sans envoyer sa voisine au diable, intérieurement. Toutefois, le braconnier paraissant aller mieux, j'espère un bon verdict.

Thomassin oubliant les devoirs que lui imposait l'hospitalité d'un « bourgeois », fondit en avant, à la façon d'un taureau qui voit une loque rouge :

— L'acquittement reviendrait à dire que la vie d'un cerf vaut celle d'un homme.

Patient comme doit l'être de nos jours un maître d'équipage, Ferréol de Villegarde répondit sans élever la voix :

— Faites attention qu'après avoir tué mon cerf, le braconnier a voulu tuer mon garde. Il l'a manqué du premier coup... Auriez-vous attendu le second?

— Permettez, dit Thomassin, que je défende le braconnier puisque vous défendez le garde. Je prends la place de la victime. Je suis un ouvrier; l'ouvrage me manque; la faim me ronge, moi et les miens. Or voilà qu'une bête sauvage — *res nullius* — passe à ma portée; c'est la promesse de quelques bons repas : je mets l'animal par terre. Et, pour cet acte de nature, vous m'obligez à choisir entre la prison et la lutte pour la liberté. Pensez-vous que la loi naturelle vous en donne le droit?

— Pardon, monsieur Thomassin. Vous n'êtes pas un ouvrier sans travail : vous êtes un fai-

néant. Pourquoi refusez-vous de travailler ?
Ensuite, pourquoi tirez-vous sur mon cerf ?
Est-ce que je tire sur votre vache, moi ? Car
vous avez une vache, monsieur, et même un
cochon : l'enquête le prouve !

— Oh ! doucement : j'ai payé ma vache. Elle
m'a coûté deux cents francs, trois cents francs,
plus, peut-être.

— Si vous en êtes là, mon cerf me coûte
plus de deux cents francs : il m'en coûte
mille. Voulez-vous faire le calcul ? Sur les
quinze cents hectares de la forêt de Villegarde,
j'en laisse un tiers en futaies improductives
pour nourrir trente ou quarante animaux. J'ai
six gardes qu'il me faut payer cher pour les
décider à recevoir vos chevrotines, le cas
échéant. Et je passe ma vie à vous indemniser
pour vos récoltes broutées, si, d'aventure, votre
champ confine ma forêt. Je vous assure, monsieur, que mon cerf vaut plusieurs vaches
comme la vôtre, soit dit sans vous offenser, ni
elle ni vous.

Il y eut un rire autour de la table. Honoré
Montgodefroy, qui avait ri plus fort que tout le
monde, parla aussi d'un ton de bonne humeur :

3.

— Voilà autant de phrases perdues. Il y a
toujours eu des cerfs, des braconniers et des
gardes; et il y en aura toujours, parce que
c'est l'intérêt de chacun. Votre vache, monsieur
Thomassin, ne profite qu'à vous. Le cerf du
marquis est une cause de bénéfice pour vingt
personnes : pour vous d'abord, dont il a déjà
pansé les plaies avec de bons billets de banque ;
pour le médecin qui vous a soigné ; pour le
pharmacien qui vous a fourni des drogues ;
pour votre veuve qu'il aurait fallu nourrir si
vous étiez mort, — ce dont Dieu nous garde !
— pour l'accusé et ses camarades qui vous
empêchent de tuer le cerf ; pour les piqueurs
qui galopent après lui ; pour le marchand qui
fournit les chevaux ; pour le tailleur qui fait
les uniformes et les amazones... On n'en finirait plus. Et voilà pourquoi je m'inquiète peu
de la question sociale ; d'abord, elle a toujours
existé ; ensuite, son existence est de l'intérêt
de tous, principalement de ceux qui l'enve-
niment pour s'en faire des rentes.

Il faut reconnaître que Thomassin témoignait
au mari de la belle Marthe une considération
de bon goût. Il savait garder un silence cour-

tois en cas de divergence dans les idées. La maîtresse de maison, plus libre par droit de naissance et par droit de conquête, s'éleva contre l'optimisme conjugal :

— Vous êtes le seul, mon cher, qui parliez de la question sociale avec cette désinvolture. Elle est à l'ordre du jour ; elle pénètre partout.

— C'est indiscutable, approuva Ferréol. Ce qui me frappe singulièrement, c'est qu'elle pénètre dans le monde, où nous voyons maintenant de charmantes femmes, — comme vous, ma chère Marthe, — devenir tout doucement socialistes. De fait, il est très original, très nouveau, très inconséquent, très féminin par cela même, d'être riche, de profiter du Capital, et de prendre parti contre lui pour le Travail.

— Cela s'expliquerait peut-être, insinua Cardot avec son âcreté de gastralgique, en observant que notre amie est blasée sur le capital et ne connaît le travail que de vue. C'est ainsi, dit-on, que certaines femmes oublient, pour l'inconnu pauvre, le mari qui les entoure de luxe... D'ailleurs, ajouta-t-il, sentant une bouffée froide passer autour de la table, qu'est-ce qui connaît le travail ici ?

— Moi, répondit La Houssaye tranquillement.

— Et il vous a fait peur ! insinua Thomassin, habitué aux bottes secrètes des réunions publiques.

L'ancien industriel regarda son agresseur, et, sans se fâcher, il dit :

— Monsieur Thomassin, peut-être irez-vous quelque jour soutenir une grève des ouvriers du Couëron. Demandez-leur si mon père et moi étions des poules mouillées. Autre chose est d'avoir peur des gens ou d'être écœuré de leur ingratitude.

Rejetant ce qui lui restait de cheveux en arrière, le fougueux Thomassin allait donner avec toutes ses forces. D'un regard, la maîtresse de maison le retint dans ses lignes, tandis qu'elle répondait :

— Tout cela n'empêche que la société est injuste. Elle condamne certains de ses membres à produire toujours, au profit d'une classe qui engloutit, comme dans un réservoir, la production, c'est-à-dire l'argent.

— Quelle idée ! s'écria l'agent de change. On voit bien que vous ne suivez pas les achats et les ventes de titres. Les réservoirs de richesse

dont vous parlez, et qu'on nomme les grandes
fortunes, fuient de nos jours comme de vieux
baquets. Ils baissent à vue d'œil grâce aux
coups de tarière que leur donne la suppression
du droit d'aînesse, la seule chose pratique, —
à son point de vue, — qu'ait faite la Révolu-
tion. Dans un siècle, qui pourra se vanter
d'avoir un million dans son portefeuille? Mais
surtout que donnera ce million? Dix mille
livres de rente peut-être. Le capital ne vaudra
pas les soins qu'il impose; et l'ouvrier, qui a
plein la bouche de ce mot : *capital*, ne s'en
souciera plus.

— Oh! les Juifs s'en soucieront toujours!
ricana Thomassin, qui jugeait une diversion
opportune.

— Il n'y aura plus de Juifs dans un siècle,
vaticina la comtesse de Cramans, farouche anti-
sémite.

— Diantre! j'espère bien que si, protesta
Montgodefroy. On assure que la fin des Juifs
sera le symptôme précurseur de la fin du
monde! Mais, s'il vous plaît, chère madame,
que ferons-nous de ces malheureux! Le bûcher,
peut-être...

avez brûlé le crucifix. Alors pourquoi brûlez-vous le Juif?

— Ces gens-là nous font un mal incalculable, monsieur le marquis. Et vous les fréquentez !

— Mais vous aussi, cher monsieur, vous me faites du mal, et surtout vous voulez m'en faire. Cependant je dîne avec vous. C'est le progrès du siècle.

Madame Montgodefroy jugea le moment venu de faire sonner la retraite. Elle dit, avec une expression de sévérité :

— Je n'aime pas qu'on soulève les questions religieuses devant ma fille.

Naturellement, il y eut un silence de mort que La Houssaye troubla, au bout d'un instant, par cette boutade :

— Ce serait le moment de poser la question usitée en cas de langueur dans la conversation : « Madame, allez-vous souvent au théâtre? »

La maîtresse de maison daigna rire.

— Votre question perd de son à-propos en septembre, dit-elle. Au reste, j'en suis venue au dégoût profond pour le théâtre, pour la musique, pour la peinture, pour les livres, pour tout ce qu'on fait aujourd'hui.

— Ma pauvre nièce! remarqua Ferréol, voilà
où mène l'abus de l'étrange, de l'exotique et
du nouveau. Vous mettez la vanille dans le
potage ; vous supprimez le vinaigre de la salade
pour l'introduire dans la crème au chocolat.
Quoi d'étonnant que votre estomac se fatigue
un peu ? Faites comme moi : guérissez-vous
d'Ibsen en allant voir Molière.

Thomassin, les yeux perdus dans le vide,
grattait sournoisement les poils courts et peu
fournis de son menton. Sa bouche laissa
tomber cet oracle :

— Oh ! Molière !... Il n'a jamais eu le sens
du théâtre. Mais, de son temps, la critique
n'existait pas.

— Les critiques, répondit Villegarde sans
être étonné du coup, sont à une civilisation ce
que les marbriers sont à une grande ville.
Quand vous voyez leurs boutiques se multi-
plier, soyez sûr que le cimetière n'est pas loin.

— Les critiques seront la gloire de notre fin
de siècle, affirma la châtelaine.

— Évidemment, chère nièce. Mais vous me
permettrez de dire que je préfère Phidias à
l'ouvrier qui cisèle une statue de Phidias, pour

la tombe de Phidias. Et je préfère Bossuet à l'homme d'esprit, cependant très recommandable, qui nous fait un cours sur le génie de Bossuet.

— Je n'ai rien à dire de Phidias, déclara Thomassin qui, décidément, était en verve. Quant à Bossuet... je ne l'accuserai pas d'être un fabricant de tombeaux, malgré ses oraisons funèbres. Mais il reste, pour moi, l'abbé qui a eu de la chance, le séminariste *arrivé*.

Ce fut le mot de la fin. Marthe se leva, non sans avoir approuvé d'un regard éloquent cette largeur de vues. Peu après, on se dispersa dans les allées du parc où flambaient les lampes électriques. Fernand s'était attaché aux pas de Louise. Thomassin était en conversation privée avec son hôtesse, un peu à l'écart... Peut-être qu'il donnait le dernier coup à l'aigle de Meaux. Toutefois il paraissait occupé plus encore de son cigare ou plutôt du cigare de Montgodefroy : un pur havane de quarante sous.

IV

Le lendemain, La Houssaye déjeuna chez son ami Louarn, et, comme de juste, ils parlèrent du dîner de la veille.

— Si j'étais curieux, dit Adrien, je pourrais découvrir pourquoi vous êtes venu hier à Saint-Urbain, contrairement à vos résolutions. Vous *chauffez* la jeune Louise, ou je me trompe fort.

— Oh ! vous savez ! Dites un mot, et je me retire, plutôt que de marcher sur vos brisées.

— Mes brisées ! ah ! non. C'est une enfant ; et, de vous à moi, vous commencez la campagne avant que les neiges soient fondues.

— L'essai n'en coûte rien. Si j'attends qu'elle ait vingt ans, elle sera promise à un autre. Ne

vous figurez pas, toutefois, que je me fais
illusion sur mes chances. Mais j'ai appris
qu'il faut brûler cent cartouches pour tuer
un ennemi.

— Je vois que vous ne comptez pas sur votre
carrière seulement, pour vous enrichir.

— Dame !... Ai-je tort ?

— Non. Mais si vous voulez qu'on vous
invite à Saint-Urbain, il ne faut pas retomber
dans trois fautes que vous avez commises.

— Trois fautes, grand Dieu ! Je croyais n'en
avoir commis qu'une seule, en appelant Thomassin journaliste.

— Cela fait quatre, alors. Premièrement vous
avez regardé beaucoup les cheveux blonds de
la fille ; deuxièmement vous n'avez pas dévoré
des yeux les épaules de la mère, — et Dieu
sait si elle vous les montrait ! Enfin, vous
n'avez pas complimenté Montgodefroy sur ses
lampes électriques.

— J'aurais pu le complimenter sur autre
chose. Voyons, entre nous, est-ce un imbécile,
Montgodefroy ?

— Non ; c'est un homme qui méprise sa
femme, voilà tout. Elle devrait être à genoux

devant lui, car il l'a épousée pauvre comme
une bergère. Il est écœuré de son ingratitude...
et du reste.

— Aussi, pourquoi l'a-t-il épousée? Par
amour?

— Je n'imagine pas très bien Montgodefroy
amoureux. Mais il avait parmi ses clients le
marquis de Villegarde, alors embarrassé de la
tutelle de la jeune Marthe, qui, dit-on, visait à
transformer la tutelle en mariage... Montgodefroy, quadragénaire, lassé des joies vénales,
cherchait une compagne aimante, fidèle, dévouée. Le marquis a proposé sa nièce...

— Joli cadeau! N'importe : s'il voulait m'offrir sa petite nièce... On prétend que les vices
héréditaires peuvent sauter une génération.

— Vous n'auriez pas peur d'une mésalliance?

— Mon ami, je suis comme les Francs. Je
n'ai peur que d'une chose, mais ce n'est pas
de la chute du ciel : c'est de la pauvreté.
L'estomac vide cause des hallucinations. Voyez
mon père... Et ma sœur elle-même commence
à m'effrayer par ses idées. A propos, ils s'annoncent. Venez les voir samedi.

La Houssaye promit sa visite et regagna le

Mûrier au petit trot, les poumons ouverts à une jolie brise, le cerveau doucement occupé des intérêts ordinaires de sa vie, songeant à ses sports, à ses chevaux, à un déplacement qu'il devait faire dans quelques jours afin de chasser le canard en Sologne.

Mais, le samedi suivant, quand il refit la même route, adieu cette heureuse tranquillité ! Il ne songeait plus qu'à la vision qu'il emportait, celle d'une superbe, royale créature, dont il avait touché la main, dont il avait entendu la voix, tout cela comme dans un rêve. Comment, de l'inviter chez lui avec son père et son frère, avait-il pu avoir l'audace? Comment avait-elle pu accepter? Elle avait accepté pourtant, avec son beau sourire de déesse. Et, dans trois jours, le petit-fils du forgeron de Lorient allait avoir à sa table cette resplendissante fille des croisés : Antoinette de Louarn !

La présence d'un ou de plusieurs hôtes n'était pas un événement au Mûrier. On y voyait même, à l'occasion, une femme avec son mari, une mère avec sa fille; et, bien que le maître du logis affectât de dénigrer lui-même son hospitalité de célibataire, la bonne

tenue de sa maison était proverbiale. Mais il
déploya pour cette invitée, riche uniquement
de noblesse et de beauté, une recherche que
ses voisines millionnaires n'avaient jamais
connue. Toutefois il eut le talent de cacher
les folies coûteuses à force de bon goût. Nul
ne pouvait savoir ce qu'il avait payé chacune
des roses, apportées de Paris le matin, qui
remplissaient l'habitation. Et mademoiselle de
Louarn qui, trois jours plus tôt, disait n'avoir
jamais mangé de grouse d'Écosse, ignorera
toujours le prix des dépêches échangées avec
Édimbourg, afin de lui procurer ce rôti
inconnu.

Mais, surtout, elle ignorait encore, en arrivant au Mûrier, que les pensées d'un homme
réputé difficile à prendre ne l'avaient pas
quittée, depuis la première rencontre de leurs
yeux.

Avec une exactitude toute royale, cette reine
sans le savoir débarqua, midi sonnant, escortée
par son père et par son frère, d'un misérable
locatis de Meaux. C'était une grande et scul-
pturale personne de vingt-quatre ans, dont
l'admirable visage, la taille divine, la cheve-

lure merveilleuse de la couleur d'une châtaigne
pas encore tout à fait mûre, commandaient
l'admiration. Mais beaucoup d'hommes passaient après l'avoir admirée, comme écartés
d'elle par une inquiétude.

On pouvait se demander, en effet, pour peu
qu'on étudiât son œil profond, magnifiquement
taillé en amande, si cette belle créature portait
sous les plis harmonieux de sa robe un cœur
vivant et palpitant. Lorsqu'elle s'abandonnait
à sa pensée, on devinait dans le regard, déjà
voilé d'une amertume, cette secrète douleur de
ne pouvoir s'intéresser à la vie qui ronge mystérieusement la génération présente.

Il y eut en elle, toutefois, à l'aspect de cet intérieur chargé en parterre de roses, une interro-
gation muette qui mit un éclair dans sa beauté.
Elle se demanda : « M'aimerait-il donc ? » Mais
il était suffisant, pour une femme aussi com-
plètement femme, de voir l'anxiété d'Adrien
épiant un signe d'approbation. Elle cessa d'in-
terroger. Elle comprit tout. Ce n'était pas la
première fois qu'elle respirait autour d'elle une
odeur de foudre qui l'excitait sans la charmer ;
car elle restait, dans ses plus grands triomphes,

le nuage qui flamboie incapable de s'embraser
lui-même.

N'ayant jamais été riche, n'ignorant pas
qu'elle était pauvre aujourd'hui, grâce aux
rêveries sublimes de son père, elle avait trop
de race pour manifester l'ombre d'un étonnement ou même d'une jouissance trop vive, au
contact du luxe des autres. Néanmoins elle
appréciait toutes les élégances, d'autant mieux
que l'envie, sentiment inconnu à son âme
forte, ne venait pas gâter son plaisir. Trop
intelligente pour faire de la coquetterie, elle
affecta de traiter La Houssaye en ami d'enfance,
au risque de se vieillir. Elle put ainsi jouer
avec plus d'aisance le rôle de maîtresse de
maison temporaire qui lui revenait tout naturellement. Le marquis occupait sa droite.
Adrien l'avait invité, craignant de ne pouvoir,
à lui tout seul, s'acquitter dignement des honneurs de son logis. Pendant la première partie
du déjeuner, Ferréol se montra l'homme sédui-
sant qu'il était encore, qu'il avait été toujours,
en présence d'une jolie femme.

Tout à coup, brusquement, il changea d'allure. Ses yeux, avec la pénétration infaillible

du mondain et de l'ancien courtisan, venaient
de lire sur le visage de son hôte une angoisse
de jalousie mal voilée sous l'effort d'un sourire. Dès lors, Villegarde comprit, soupçonna
du moins la vérité. Sans rien perdre de son
charme, il devint charmant pour le compte
d'un autre. Il fit, pour ainsi dire, la para-
phrase des honneurs qu'Adrien rendait à sa
belle invitée ; il en souligna les recherches,
compta les roses, commenta les profondeurs
savantes du menu, et força l'amphitryon à
raconter l'histoire de ses grouses.

— Il ne faut pas nous y tromper, mademoiselle, dit-il enfin. Nous sommes chez un être
unique au monde pour sa haute sagesse. Il a
trouvé le secret du bonheur que je résume par
ces mots : grande fortune en petite maison.
Cela repose de l'affligeant spectacle que donnent tant de petites fortunes qui se débattent
dans des maisons immenses. Les Anglais, qui
ont beaucoup plus de mots drôles que l'on
ne croit chez nous, appellent ce renverse-
ment des lois de l'équilibre un appétit de
champagne avec un revenu de bière. A propos
de champagne, mon ami, où diable récoltez-

vous ce nectar ? Je veux écrire demain pour
que vous en trouviez à Villegarde, le mois
prochain... Ah ! j'oublie toujours que vous
buvez de l'eau.

M. de Louarn, qui avait toutes les peines du
monde à empêcher la pluie d'entrer dans sa
« maison immense » du Bout-du-Bois, venait
d'échanger un regard triste avec sa fille, dont
les traits étaient redevenus de marbre. Elle
dit, comme pour consoler son père :

— Je n'ai jamais désiré une grande fortune.
Il doit y avoir quelque chose de cruel à marcher en ce monde entouré de l'envie des
autres.

— Ah ! mademoiselle, repondit Ferréol, voilà
un genre de souffrance dont vous devez être
accablée. On peut croiser Vanderbilt dans la
rue sans savoir qu'il possède un milliard, et
sans l'envier par conséquent. Vous, au contraire, combien de femmes peuvent, en vous
voyant, se garder de l'envie ?... Oh ! je suis un
vieillard et ne joue plus au madrigal. Mais
l'homme riche peut donner une part de sa fortune, tandis que, même si vous vouliez en faire
l'aumône, votre beauté reste à vous seule.

Fernand de Louarn ajouta en riant :

— De fait, jusqu'à ce jour, Thomassin n'oblige pas celles qui ont des cheveux à partager avec les chauves, et les grassouillettes à enrichir les maigres d'une partie de leurs avantages.

— Le mal incurable de l'inégalité physique nous montre que l'égalité parfaite n'est pas dans les vues du Créateur, observa Pierre de Louarn. C'est la condamnation de la doctrine soutenue par monsieur Thomassin, qui ne l'a pas inventée, d'ailleurs.

— Non ; mais il la développe en très bon style, ce qu'oublient beaucoup d'autres, fit observer Antoinette.

Adrien, au comble de l'étonnement, s'écria :

— Quoi, mademoiselle, vous le connaissez ?

— Par quelques-uns de ses articles. Je travaille souvent à aider mon père, et cela m'oblige à lire beaucoup.

— Eh bien ! dit le marquis avec un léger soupir, vous verrez Thomassin chez ma nièce. Car vous me permettrez, j'espère, de vous ouvrir les portes de Saint-Urbain.

— Je sais, répondit Antoinette, — elle savait

en effet beaucoup de choses par son frère, —
que vous avez une petite-nièce des plus charmantes.

Fernand, jusque-là un peu morose, parut se
réveiller tout à coup.

— Je vais faire une proposition, annonça-t-il.
Pourquoi ne retournerions-nous pas à Meaux
par Saint-Urbain? Vous viendriez avec nous,
La Houssaye?

Chacun trouva l'idée bonne, et l'on quitta la
table pour le jardin. Quand on arriva près de
la statue, le marquis en raconta l'histoire avec
des éloges pour les deux propriétaires : l'ancien
et le nouveau. Il ajouta, s'adressant à Pierre
de Louarn :

— Je vous conseille de voir l'abbé Esminjeaud. Comme vous, il travaille à rapprocher
deux classes tant soit peu brouillées à l'heure
présente. Mais vous différez dans vos systèmes.
L'abbé, qui est mon ami et mon voisin, n'emploie ni les journaux, ni les brochures, ni les
clubs, ni les conférences.

— Mais j'emploie autre chose! dit Louarn en
s'animant. J'appelle à moi la grande famille
ouvrière ; je l'invite à s'asseoir dans ma maison

bien chaude, autour de ma lampe; mes jeux deviennent les siens. Je prends en main ses revendications; je l'avertis qu'elle doit vivre dans le travail, mais qu'elle a droit à l'aisance. Je lui promets la reconnaissance de ce droit, pourvu qu'elle soit sage et chrétienne.

— Eh bien! reprit Ferréol, mon abbé, lui, *pénètre* dans cette famille, sans avoir dans les mains autre chose que le crucifix. Sur le banc de bois, dans le logis dénudé et pauvre, il s'assied quand on ne le chasse pas. Il dit à ces gens: « Voyez : j'ai plus froid, j'ai plus faim, je suis plus pauvre que vous, — et j'étais riche. Mais, qu'importe! Un jour nous serons rassasiés, nous aurons chaud, et nous chanterons ensemble les cantiques de joie éternelle, pourvu que nous croyions en Jésus-Christ, le Dieu des pauvres. »

Antoinette écoutait, ses grands yeux fixés sur Villegarde avec un peu d'étonnement. Pierre de Louarn demanda, l'air narquois:

— Votre abbé fait-il des conversions?

— Pas beaucoup. Cependant, il m'a converti, moi qui vous parle. Mais ces hommes l'écoutent sans le comprendre. Tous ces mots sont d'une langue inconnue pour eux, qu'on ne leur enseigne plus : c'est le catéchisme.

— On l'enseigne encore à Saint-Urbain, dit Fernand. J'ai vu mademoiselle Montgodefroy catéchiser la jeunesse.

— Oui, répondit Villegardè. Elle bourre de sucre d'orge une demi-douzaine de bambines, qui, la bouche pleine, se tiennent tranquilles et récitent le *Credo*. C'est une réduction du socialisme chrétien, si je ne m'abuse.

— Peut-être ; mais c'est le *Credo*, enfin, répliqua Pierre qui ne parut pas goûter la plaisanterie. Vous reconnaissez vous-même que votre abbé n'en obtient pas tant.

Voyant la discussion amorcée, le jeune dragon tira Antoinette par sa robe et fit signe, des yeux, au maître du logis. Tous trois alors gagnèrent pays, laissant l'âge mûr aux prises. La Houssaye, d'ordinaire intéressé par ces questions sérieuses, n'avait pas dit un mot. Il retrouva la parole quand il fut seul avec mademoiselle de Louarn et son frère.

— Vous êtes en Brie pour longtemps ? demanda-t-il à son invitée.

— Comment le savoir, avec un père aussi

mobile que le mien? Ce soir, un télégramme
peut le demander pour une conférence à Mont-
pellier, — si ce n'est pas à Rouen : il accepte
toujours. Naturellement, je ne puis rester seule
chez un officier. Je regagnerais donc... la chère
Bretagne.

— Il me semble que vous parlez de « la
chère Bretagne » avec un peu d'ironie?

— Oh ! j'aime bien notre pays : c'est lui qui
ne m'aime pas. Mon père, qui a visité l'Amérique, me laisse plus d'indépendance qu'on
n'en tolère chez nous. J'effraye nos compatriotes. J'ajoute que je m'effraye moi-même,
quand je suis avec eux.

Ils étaient arrivés près des écuries. Antoinette voulut voir les chevaux. Elle dit en sou-
pirant :

— Je montais beaucoup... jadis. Mon père
me faisait suivre des chasses. Mais il n'a plus
le temps et, — raison autrement grave, — il
n'a plus de chevaux.

— Une idée ! s'écria La Houssaye tout épanoui. Vous chasserez à Villegarde, le mois
prochain.

— Pourquoi pas à Marly, avec Louis XIV?

fit-elle en levant les épaules d'un mouvement
léger.

Mais Adrien, sans voir que son invitée se
moquait de lui, bâtissait déjà toute une com-
binaison diplomatique, lui qui ne s'était jamais
soucié de trouver à Villegarde autre chose que
des cerfs.

Deux heures après, les Louarn, le marquis
et le propriétaire du Mûrier faisaient leur
entrée chez madame Montgodefroy. Celle-ci,
contrairement à ce qu'on pourrait attendre,
accueillit Antoinette avec enthousiasme; car
une de ses prétentions consistait à n'être pas
jalouse de la beauté des autres. Mais, surtout,
elle fut ravie de connaître le Socialiste chrétien
déjà célèbre. Thomassin lui-même le citait
parfois et l'approuvait dans quelques-unes de
ses tendances libérales.

Pendant que Marthe charmait Pierre de
Louarn, en lui montrant « une largeur d'idées »
peu attendue chez la femme d'un banquier, la
jeunesse, renforcée par la présence de Louise,
causait dans un coin du hall. Dès les premières
phrases, les jeunes filles se plurent ou, pour
mieux expliquer la chose, mademoiselle Mont-

godefroy subit l'influence qu'exercent aisément,
sur les âmes droites et simples, les natures
plus compliquées. Fernand et son ami, comme
des chanteurs bien en voix, se montraient à
leur avantage. Et pourtant, Ferréol assis près
d'eux remarquait un défaut d'ensemble, des
tiraillements vagues dans le quatuor. Ces musiciens, comme on dit, se couraient après.
L'officier s'appliquait à retenir l'attention de
Louise, qui, sans même le savoir, cherchait les
oreilles, les yeux de La Houssaye. Mais ce
dernier avait seulement des yeux et des oreilles
pour Antoinette. Celle-ci, moins nerveuse que
les trois autres, libre de toute préoccupation,
se mouvait aisément, avec des allures larges
et tranquilles, dans sa beauté triomphante.
Elle ne cherchait à plaire à aucun de ces
hommes en particulier. Néanmoins son instinct
de vraie femme la portait vers le seul vraiment
capable de l'apprécier : le marquis de Villegarde.

Quand les visiteurs furent partis, emportant
une invitation à dîner pour le prochain
dimanche, Louise retourna vers son institutrice. Le marquis, resté seul avec sa nièce,

appuya ses épaules à la grande cheminée et, silencieux, fixa les rosaces du plafond.

— Je viens de prendre un bain de jeunesse, dit-il au bout d'un instant.

— Oh ! répondit Marthe, j'ai bien vu que vous admiriez cette Vénus armoricaine. Prenez garde, mon bel oncle, vous êtes à l'âge des folies.

— Pas encore, ma chère. Je ne suis qu'à l'âge des bêtises. Mais j'ai profité quelquefois des bêtises des autres... C'est le commencement de la sagesse. Et puis elle a dans ses yeux, les plus beaux du monde, un petit reflet d'acier qui donne à réfléchir, comme la pointe de ces épingles mal posées, qui brillent hors du corsage et menacent les doigts indiscrets. Enfin, le cheveu est gros et l'attache massive. Défiez-vous toujours de ces anomalies physiques dans la race : elles en annoncent d'autres. Ah ! si mademoiselle de Louarn avait seulement vos chevilles et vos poignets !...

Marthe, avec un singulier sourire, tournait son unique bracelet, un cercle d'or tout simple, autour de son bras merveilleux.

— Eh bien ? dit-elle enfin ; si elle avait mes

poignets et mes chevilles, je pense que vous chercheriez un second Honoré Montgodefroy pour lui en faire don.

— Voyons, ma petite! si je vous avais épousée, nous serions l'un à droite, l'autre à gauche depuis quinze ans. Vous détestez ce que j'aime en littérature, en art, en politique. Au premier poète décadent, au premier paysagiste échappé de Bicêtre, au premier Thomassin dont vous auriez voulu faire mon ami intime, vous ne savez pas quels orages le monde aurait vus.

— C'est vous qui ne savez pas... Est-ce qu'on sait jamais ? Peut-être qu'à cette heure je vivrais entre le jeune homme pauvre de Feuillet, les nymphes de Bouguereau et l'Idoménée de Fénelon. Allez ! comme tant d'autres vous connaissez les femmes... par leurs mauvais côtés ! Mais, pour en revenir aux gens de tout à l'heure, monsieur de Louarn m'a ravie.

— Moi pas autant. Il est vrai que les ralliés m'inspirent une sympathie médiocre.

— Mais, mon bon petit oncle, vous vous êtes rallié à l'empire?

— Pas dans le sens du mot d'aujourd'hui. Je n'ai jamais songé à la politique. J'aimais

les belles chasses, les belles fêtes, les belles
femmes, la cour en un mot... Vous n'avez pas
connu cette cour, cette souveraine, les charmantes femmes qui entouraient cette adorable
femme... Pardon ! Vous avez connu votre
mère, qui n'était pas des moindres. Dans tous
les cas j'ai été fidèle jusqu'au bout, c'est-à-dire
jusqu'à ma captivité, à Leipzig.

— Pierre de Louarn a fait la guerre comme
zouave de Charette.

— Oh ! parbleu ! c'est un galant homme. Je
vous souhaite, ma chère nièce, de n'avoir chez
vous que des gens comme lui.

V

Le dîner du dimanche suivant, plus nombreux qu'à l'ordinaire, trompa les malignes espérances du marquis secrètement désireux de voir Thomassin et Pierre de Louarn se gourmer pour la galerie. Soit que madame Montgodefroy eût fait la leçon à l'apôtre du collectivisme, soit que lui-même voulût voir le soldat d'une armée alliée dans un socialiste, même chrétien, leur contact fut courtois et ressembla beaucoup moins à une discussion qu'à un échange d'idées. Ce n'est pas que Ferréol n'essayât plus d'une fois, avec une véritable espièglerie, de fomenter la discorde entre les champions.

Il fut même assez près d'y parvenir lorsqu'il

interpella une petite veuve blonde, jolie, élégante, connue pour aimer le plaisir, qui était invitée à Saint-Urbain à cause de lui :

— Et vous, madame Lepin, vous intéressez-vous au socialisme ?

— Mon Dieu ! répondit-elle, je ne comprends pas toujours les profondes théories ; mais j'avoue qu'il me paraît monstrueux que certaines gens travaillent du matin au soir, tandis que je ne fais rien. Voilà sous quelle forme se pose, pour moi, la question sociale.

— Comment pouvez-vous dire que vous ne faites rien ? s'écria Villegarde. Je prétends que vous travaillez plus, à vous seule, que vingt femmes du peuple.

Thomassin, dont les larges oreilles ne perdaient pas un mot des propos échangés autour de la table, protesta courtoisement :

— Vingt, c'est beaucoup.

— Je devrais dire cinquante, insista Ferréol. Car c'est une hérésie que de mesurer le travail par l'effort produit. Le travail — nous parlons au point de vue social — se mesure par l'argent : non par l'argent reçu, mais, tout au contraire, par l'argent dépensé. L'ouvrière qui

gagne deux francs pour quinze heures de
couture fait circuler sa paye : deux francs.
Vous, chère madame, vous entrez chez Virot.
Mettons que vous y restez seulement une heure
et que vous commandez seulement un chapeau
de deux cents francs. Pendant cette heure,
vous avez produit la même circulation, autrement dit le même travail, que cent pauvres
filles peinant toute une journée.

— Pour que la thèse fût soutenable, répliqua
Thomassin, — bien qu'il n'aimât point lutter
avec ce souple adversaire, — vous auriez à me
convaincre que la modiste n'a point placé à
la Banque la moitié de la somme fournie par
madame Lepin. Cette moitié est perdue pour
la circulation : c'est précisément elle que je
revendique pour les prolétaires.

— Joli bénéfice pour chacun d'eux ! objecta
le marquis. Mais, en attendant, supposons que
madame Lepin, qui rougit de son oisiveté, ait
fait son chapeau elle-même : voilà Virot forcée
de mettre une ouvrière sur le pavé ; j'en dis
autant du couturier et de la lingère. Ainsi
donc, madame, le plus mauvais service que
vous pourriez rendre à l'équilibre social serait

de tirer l'aiguille. C'est alors que la société pourrait vous jeter le blâme. Conclusion : calmez vos scrupules ; achetez de jolies toilettes, pas assez néanmoins pour qu'il ne vous reste une bonne somme à distribuer aux pauvres chaque année.

Pierre de Louarn avait écouté jusque-là sans rien dire. Entraîné par le sujet, il entra dans la discussion :

— Monsieur de Villegarde nous indique fort justement la circulation des capitaux comme une des fonctions obligatoires du corps social. C'est, comme la circulation du sang à travers le corps humain, la condition de la vie. Mais monsieur Thomassin montre l'écueil : le capital accumulé par le producteur-patron. C'est pourquoi nous prônons le groupement des producteurs-travailleurs, autrement dit les coopérations ouvrières.

— Bravo ! monsieur de Louarn, dit la maîtresse de maison. Le progrès vous doit une couronne.

— Oh ! bien, dit la petite veuve, je m'en défie, de ce progrès.. Les ouvrières de Rouff, associées entre elles, me feront des horreurs.

Faute d'argent, elles n'auront que les étoffes de tout le monde. Enfin, je recevrai ma facture tous les mois.

— Évidemment ! s'écria Thomassin en agitant son crâne qui brillait aux lumières. Aussi, tandis que les ouvriers réunis en groupe fourniront le travail, il est indispensable que le capital fournisse les fonds. Madame Lepin elle-même le démontre. Comment sortez-vous de là, monsieur le marquis ?

— Oh ! je n'en sors pas. La question est insoluble. N'avez-vous jamais vu un pauvre homme, usé par l'extrême vieillesse, rongé par des maladies exigeant des remèdes contraires ? En soignant ses poumons, vous le faites mourir du foie !... Alors vous appelez le médecin et vous lui posez la question : « Docteur, comment sortez-vous de là ? » Votre docteur, lui aussi, juge la question insoluble. Il prend son chapeau et s'en va sur la pointe du pied en murmurant : « Faites mettre de la paille dans la rue. » Moi, monsieur Thomassin, je partage l'avis du docteur ; mais je ne demande rien pour la consultation. Notre société est trop vieille ; elle meurt de quatre ou cinq maladies.

Je conviens que ce n'est pas entièrement votre faute; seulement, si j'essaye de mettre de la paille dans la rue, vos amis la mangent!

Tout le monde éclata de rire, sauf la maîtresse de maison et Thomassin. Quelqu'un riait plus fort que les autres et s'amusait prodigieusement : c'était Montgodefroy. Il dit, levant son verre :

— Messieurs et mesdames, n'enterrons pas encore la société. Elle fait comme Villegarde; elle prend des années sans vieillir. Elle vit autrement, elle s'applique à d'autres intérêts, elle parle d'autres choses; voilà tout. Mon bon Ferréol, vous êtes aussi charmant qu'à votre vingt-cinquième année; vous êtes charmant de façon différente, et rien de plus : je bois à votre éternelle jeunesse!

Ainsi fut étouffée, ou plutôt noyée, la discussion. Les coupes de champagne se vidèrent, et l'on put voir Thomassin, après un signe discret de la belle Marthe, se lever et saluer courtoisement le marquis, son adversaire le plus sérieux. C'était un rapprochement dont il ne se serait pas vanté auprès des « amis » que Ferréol avait traités de si haut. Mais madame Montgodefroy *voulait* que Thomassin fût invité à Villegarde. Cette pacification s'accentua dans le hall, où se termina la soirée, une averse ayant interdit l'accès du jardin. Après le café, les groupes se formèrent. Il y eut le groupe des hommes sérieux, d'où s'éleva bientôt l'odorante fumée des havanes. Thomassin en était, momentanément calmé dans ses hardiesses d'apôtre par ce luxe dont les Gentils lui donnaient sa part. Il y eut le groupe des femmes, — un peu abandonnées à elles-mêmes, — autour de la cheminée où flambaient les premières bûches. Enfin, il y eut le groupe des jeunes filles et de l'institutrice, cantonné derrière le piano. Fernand de Louarn, après de savantes manœuvres, allait s'asseoir près de Louise; mais son ami l'entraîna dans le terrain vague des étagères et des vitrines :

— Malheureux ! que prétendez-vous faire ? Dépêchez-vous d'aller près du feu !

— Mais je n'ai pas froid, dit l'officier.

— Pas froid ? Vous êtes glacé, — du moins en ce qui concerne la belle Marthe. Courez lui dire qu'elle a les plus belles épaules du monde. Croyez-vous qu'elle en a fait l'exposition pour

deux ou trois vieilles chattes et pour la petite
madame Lepin, qui, d'ailleurs, expose pour son
compte?

— Eh bien, et vous?

— Oh! je ne compte pas. Et puis, moi, je
suis sûr d'être invité aux chasses de Villegarde,
tandis que vous avez à vous rendre toutes les
divinités propices.

Fernand s'exécuta, et La Houssaye revint
s'asseoir près d'Antoinette, qui paraissait l'attendre. Elle lui demanda, baissant un peu la
voix :

— Monsieur Thomassin est-il influent dans
le monde littéraire?

— Un critique aussi bruyant doit posséder
quelque influence. Toutefois, il abandonne un
peu le monde littéraire pour celui de la politique, où il fait encore plus de tapage.

— Est-ce un homme enclin à aider les
autres?

— J'en doute : il a trop à faire pour lui-
même. Cependant, il faudrait être encore
plus... Thomassin qu'il ne peut l'être pour
vous refuser quelque chose, à vous. D'ailleurs,
il pratique un système particulier d'apostolat :

c'est parmi les femmes qu'il recrute ses disciples. Entre nous, son idée n'est pas si mauvaise.

— Quitte à vous étonner, je voudrais causer un peu avec lui. Mais ne croyez pas que nous ferons du socialisme.

Adrien se leva, très heureux d'obéir. Il n'était pas jaloux de Thomassin ; mais, s'il l'eût été, son obéissance n'aurait pas été moindre. Pour lui, mademoiselle de Louarn était un être quasi surhumain, qui avait tous les droits, même celui de faire souffrir les autres pour ses caprices. Deux minutes après, Thomassin arrivait près d'elle, amené par La Houssaye, qui l'eût apporté au besoin. Et cinq autres minutes étaient à peine écoulées que l'apôtre et la jeune fille étaient plongés dans leur conversation, un peu à l'écart. Adrien, héroïque jusqu'au bout, s'était replié sur le groupe des jeunes filles. Il ne vit pas l'éclair de joie dans les yeux de Louise, pas plus qu'il ne vit l'orage dans les yeux de la belle Marthe.

— Vous voulez que nous causions ? dit Thomassin. Comment ne serais-je pas curieux de savoir ce que pense la fille d'un père comme

5.

le vôtre? J'admire tant Pierre de Louarn! Il y
a tant de courage à faire ce qu'il fait, à chercher
la vérité envers et contre tous!

— Ah! la vérité... où est-elle?

— Vous le demandez, vivant près de la
lumière?

— Elle est si froide, cette lumière! Elle
éclaire de teintes si dures le présent, l'avenir
d'une lueur si fatale! J'ai un peu peur. Où
allons-nous? Quand arriverons-nous? Le temps
passe; mon père vieillit. Beaucoup l'admirent,
de loin; plus près, ce sont des amis anciens
qui tournent le dos poliment, ou qui regardent
sans rien dire, attristés. Et moi... je suis déjà
presque une vieille jeune fille!

Thomassin comprit qu'il se devait à lui-
même de trouver une réplique heureuse. Sa
voix blanche de conférencier répondit gravement:

— Si vous voulez dire par là que vous avez
cessé d'embellir, je le crois sans peine: tout a
des bornes en ce monde. Mais vous entrez à
peine dans la vie.

— Et déjà je suis fatiguée... N'est-ce pas être
vieille? Si, du moins, la fatigue venait après

un travail utile quelconque !... Mais je n'ai
jamais rien fait. J'ai seulement pensé, pensé,
pensé, n'ayant personne à qui dire ce que je
pense !

Thomassin, qui avait déjà reçu des confi-
dences de femme, voire même d'honnête femme,
comprit aussitôt ; et, — tant il est vrai que la
beauté confère d'étonnants privilèges, — son
premier mouvement ne fut pas de fuir.

— Je vois, dit-il en souriant. Vous avez écrit
quelque chose : un roman, n'est-ce pas ? Vous
désirez qu'on le publie ? C'est amusant, la
première fois, de se lire soi-même imprimé.

— Seigneur ! fit-elle ; cela se voit donc que
je tâche d'écrire ?

— Pas trop, mademoiselle, répondit le maître
avec douceur. Mais, aujourd'hui, l'on risque
peu de se tromper quand on diagnostique chez
une femme le cancer de la plume. Tenez,
d'ailleurs, vous allez voir.

Il se tourna vers le groupe formé par Louise
Montgodefroy, Jeanne de Cramans et l'institutrice.

— Mesdemoiselles, demanda-t-il perfidement,
nous cherchons à établir une statistique. Celles

d'entre vous qui ont un manuscrit dans leur tiroir veulent-elles bien lever la main ?

L'institutrice et mademoiselle de Cramans n'osèrent bouger ; mais elles se trahirent en rougissant jusqu'aux yeux. Louise déclara qu'elle n'avait pas le temps d'écrire.

— Vous voyez ? continua Thomassin reprenant son tête-à-tête. Sur quatre sujets, trois sont atteints, en vous comptant. Et, les femmes n'écrivant que quand elles souffrent, nous pouvons tirer cette conclusion : parmi les jeunes personnes réunies ce soir à Saint-Urbain, mademoiselle Montgodefroy seule est contente de son sort.

— Mais je suis contente du mien ! protesta la fière Antoinette. Seulement, je vous l'ai dit : je pense beaucoup et je suis entourée d'êtres qui pensent. Ils peuvent parler, ceux-là ! Et leurs paroles, comme leurs pensées, ne quittent pas les sujets désolants : pauvreté, privation, faim et soif de bonheur et de justice. Moi, je suis comme une horloge en mouvement continuel, à qui manquerait le cadran et dont les marteaux frapperaient le vide. Alors j'écris, quelquefois, pour dépenser un peu de mon âme. J'essaye d'inventer le bonheur, de fabriquer des gens heureux.

— Bon ! fit Thomassin, des rêves ! Pourquoi pas l'action efficace dans la réalité ?

— Parce qu'il me faudrait le pouvoir et la sagesse d'un Dieu pour donner du pain, du repos, une ombre de joie aux malheureux qu'écrase le travail. Et leur donner tout cela sans dépouiller ceux qui possèdent, sans faire éclater la guerre civile, sans rendre le monde pire qu'il n'est aujourd'hui !... Les maîtres des plus grandes nations reculent devant le problème.

— Oui, dit Thomassin en prenant son air d'apôtre, ils s'en tiennent, comme le marquis, à la paille dans la rue. Et cependant, vous êtes avec eux. Vous aimez l'autorité, la loi, parce qu'elles sont les gardiennes de vos plaisirs sociaux. Vous respectez les dogmes, parce qu'ils règlent commodément les questions troublantes. Et, tandis que l'humanité s'agite sur une couche de douleur..., vous écrivez des romans ! Eh bien, donnez-le-moi, votre roman. On le publiera, et vous serez tout à fait contente, n'est-ce pas ?

Mademoiselle de Louarn eut un mouvement de révolte et secoua sa tête superbe. Elle répondit :

— Pourquoi ce dédain ? Ceux qui me connaissent un peu se demandent si je serai jamais « tout à fait contente ». Moi, qui me connais bien, je suis sûre que non.

— Eh bien ! alors, vous êtes des nôtres. Car, si grand que soit notre espoir, si rapide que soit l'approche de la lumière, nous savons bien, nous les précurseurs, que le grand jour viendra seulement pour éclairer nos tombes, où nous serons descendus... jamais contents !

Une voix fit retourner les deux interlocuteurs. Madame Montgodefroy, qui ne pouvait rester indifférente à cet aparté suspect, était debout derrière eux.

— Comment, mademoiselle, vous écoutez ces théories sans bâiller... ou sans bondir ?

— Oh ! madame, répondit Antoinette, monsieur Thomassin peut faire bondir certaines personnes. Mais bâiller... oh ! non !

Il était facile de voir que la jeune fille admirait l'éloquence de son compagnon, mais qu'elle n'admirait en lui nulle autre chose.

D'ailleurs, il y avait deux hommes en Thomassin : l'apôtre et le jouisseur, fréquemment occupés à faire bon ménage. En ce moment, il avait sa figure d'apôtre, et Marthe sentit s'évanouir toute jalousie. Du même ton inspiré, sans élever la voix, il continua :

— Mademoiselle de Louarn est une âme. Elle nous appartient, car tous ceux que l'iniquité sociale empêche de dormir sont frères. Quel dommage que nous ne puissions la voir souvent ! Elle écrit : nous pourrions l'aider. Je suis sûr que son héroïne est peu banale : vous autres jeunes filles, vous vous racontez toujours vous-mêmes, dans votre premier roman.

— Et aussi dans les autres. C'est pourquoi, dit Marthe, le premier roman d'une femme est presque toujours le meilleur : elle y met toutes les fleurs de son panier.

— Raison de plus, reprit Thomassin, pour ne pas laisser dormir votre manuscrit, chère mademoiselle ! Voulez-vous me l'envoyer ?...

— Faites mieux, dit madame Montgodefroy. Venez déjeuner demain ; une voiture ira vous prendre. Et monsieur Thomassin vous fera le sacrifice de ne rentrer à Paris que le soir.

Puis elle ajouta, mettant le doigt sur ses lèvres :

— Mais, silence !... nous conspirons.

— Vous conspirez ? Je demande à en être, fit Adrien qui s'approchait, voyant le tête-à-tête rompu.

Marthe lui répondit, moitié plaisante, moitié sérieuse :

— Vous savez bien que l'on conspire du matin au soir, à Saint-Urbain. Mais vous venez trop tard : on n'embauche plus.

A ces mots, elle retourna près de la cheminée, et comme Thomassin, prudemment, l'accompagnait, elle lui jeta cette moquerie derrière son éventail :

— Vous jouez donc les Caro, maintenant ?

Resté seul avec Antoinette, Adrien la regardait d'un air si étonné et si malheureux à la fois qu'elle ne voulut pas le laisser dans le doute. Elle sentait en lui une admiration peu ordinaire et ne pouvait qu'en être flattée ; mais on doit dire à sa louange qu'elle ne tenait pas moins à l'estime de ce galant homme. Elle dit en riant, très animée déjà par l'espoir que lui donnait Thomassin :

— Ne laissez pas travailler votre imagination. Vous avez devant vous un bas-bleu, pas autre chose. Et il s'agit de publier un manuscrit.

— Je n'aime pas vous voir entre les mains de ce personnage, dit Adrien. Voulez-vous m'accorder votre confiance ? Avant la fin de la semaine, un journal publiera votre premier feuilleton.

— Quitte à fonder un journal tout exprès, n'est-ce pas ?... Comme c'est beau, la fortune ! ajouta-t-elle avec un peu d'acreté moqueuse.

— Oui, répondit La Houssaye, en regardant le tapis. Ce doit être beau... sous les pieds d'une femme aimée.

VI

Marthe Montgodefroy possédait un défaut commun chez les Parisiennes de valeur médiocre : ou elle montrait aux nouveaux venus la conviction dédaigneuse de leur infériorité, ou bien, selon son humeur et le temps, elle se jetait à leur tête avec une ferveur enthousiaste.

C'est ce qui arriva par rapport à mademoiselle de Louarn. Celle-ci, au déjeuner qui eut lieu comme on l'avait projeté, fit voir qu'elle était une âme, pour employer l'expression de Thomassin. L'opulente châtelaine se retrouva dans cette jeune fille telle qu'elle avait été elle-même vingt ans plus tôt, alors que tout lui manquait pour réaliser son idéal de la vie.

Certes, l'idéal d'Antoinette était différent, plus élevé, plus assujetti à la conscience, mais aussi plus vague. Toutefois c'étaient les mêmes réflexions enfiévrées par la solitude, les mêmes rudes combats contre le découragement, la même absence de satisfaction, sinon déjà les mêmes rancunes contre la vie. En plus, mademoiselle de Louarn tenait de son père l'inquiétude d'esprit qui pousse aux problèmes irréalisables. Elle avoua ingénument :

— Sans la foi chrétienne, je flotterais dans le brouillard comme une coque de navire inachevée, lancée trop tôt. C'est un affreux malheur que de perdre sa mère à quinze ans. Mieux vaudrait, peut-être, ne l'avoir jamais connue. Les étais manquent tout à coup, et l'on glisse... Mon père n'a pas compris. Il a entassé la cargaison dans le pauvre navire sans mât, sans gouvernail..., et l'on m'accuse d'être fière, de dédaigner l'amusement, de ne pas ressembler aux autres.

Pour la faire parler, madame Montgodefroy lui dit :

— Vous auriez peut-être dû vous marier toute jeune :

Antoinette répondit avec sa franchise inva-
riable :

— Je n'ai jamais été demandée par un pré-
tendant qui méritât... même l'hésitation.

— Chez les classes dirigeantes, le mariage
n'a sa raison d'être qu'accompagné d'une
grosse dot, commença Thomassin. De même la
mort, sans la succession, n'est qu'un phénomène
physiologique tout à fait secondaire... pour
ceux qui survivent.

Marthe le fit taire d'un signe et, revenant à
mademoiselle de Louarn :

— Peut-être vous voulez que l'amour précède les fiançailles ? En province, on en est
encore là.

— Mon Dieu ! je ne crois pas être provinciale.
D'abord, j'ai fait des séjours à Paris, et j'y ai
vu le monde. Et puis nous vivons, mon père
et moi, dans un milieu tout intellectuel, qui
sent peu la province. D'ailleurs, j'ai vu comment
finissent les mariages d'amour.

— J'imagine que vous pourriez voir comment
ils commencent... tout au moins du côté du
mari.

En faisant cette allusion au sentiment deviné

par elle chez Adrien, madame Montgodefroy
regardait dans une glace la physionomie de
l'apôtre. Elle n'y surprit aucun malaise : évidemment la beauté d'Antoinette ne troublait
pas Thomassin. Quant à la jeune fille, elle
répondit en souriant :

— J'ai peur qu'il n'y ait méprise. Entendons-
nous bien : c'est un éditeur que je demande,
et non pas un épouseur.

Thomassin prit un paquet, pas bien gros,
qui reposait sur la table et, comme le déjeuner
s'achevait, il dit :

— Permettez, mademoiselle, que j'acquière
tout au moins une idée de votre œuvre. Dans
une heure vous aurez mon opinion.

Restée seule avec Antoinette, madame Montgodefroy prit une cigarette turque et l'alluma ;
puis elle fit cette question :

— Que pensez-vous d'Adrien La Houssaye ?

— Je ne puis vous répondre que par un
mot : c'est un honnête homme.

— Il y a un autre mot, chère mademoiselle.
C'est un homme que vous avez bouleversé. Je
le connais : il s'est imaginé qu'on peut supprimer les femmes comme un inconvénient de

l'existence. Il va payer son erreur maintenant, et je suis trop femme pour en être fâchée. Vous m'accorderez que celui-là mérite mieux que l'hésitation. Sa fortune est belle. Et puis il possède une qualité inappréciable pour un mari : une dose convenable de naïveté.

— Mais, madame, reprit Antoinette un peu troublée, monsieur La Houssaye m'a vue quatre fois.

— Il en faut le quart aux philosophes de son genre pour perdre la raison. Reste une chose : vous plaît-il ?

— Qu'en sais-je ?

— Eh bien ! ma chère enfant, il faudra le savoir ; je vous en donnerai les moyens. Comptez sur moi. Vous êtes la voisine que je voudrais avoir au Mûrier. La maison est petite pour un ménage ; mais on pourrait l'agrandir. Aussi bien, que Dieu vous préserve des grands châteaux où l'on se perd !

Antoinette, encore que sa tête fût solide, oubliait un peu son manuscrit. Madame Montgodefroy la faisait parler sur mille sujets, tâtant, pour ainsi dire, ses qualités et ses faiblesses. Mais déjà l'heure était venue pour la visiteuse de retourner à Meaux ; le coupé l'attendait ; Thomassin n'arrivait pas avec son verdict. Enfin il parut.

— Mademoiselle, dit-il cherchant un peu les mots, c'est très bien... c'est même un peu trop bien. Vos personnages sont tous des perfections... Il faudra noircir un peu. Vous me comprendriez si nous pouvions causer ensemble... Mais vous allez partir.

— Nous ferons en sorte que mademoiselle de Louarn entende vos observations, dit madame Montgodefroy. Ce n'est que partie remise.

— Oh ! dit Antoinette, je ne suis pas aveugle. Je vois bien ce que vous pensez : j'aurais mieux fait d'essayer les fleurs artificielles, n'est-ce pas ? Adieu la gloire !

Dès qu'elle fut partie, Thomassin ne se gêna plus pour dire son opinion.

— Au diable ! cria-t-il en frappant du poing. Les femmes sont étonnantes avec leur littérature. Celle-ci, une penseuse, une chercheuse, on dirait parfois une révoltée, refait la même histoire d'amour qui sert à tous les romanciers dits « honnêtes » depuis cent ans.

— Sublime docteur en critique, laissez-moi vous donner une leçon. Bien souvent les femmes qui pensent, les femmes qui cherchent, les femmes qui se révoltent, bien souvent ces femmes-là pensent à une chose, cherchent une chose, se révoltent contre l'absence d'une chose, — qui est l'amour. Et l'amour est si facile à trouver... sur une page blanche !

— Avec tout cela, comment laisser entrevoir à cette pauvre enfant qu'elle n'est pas faite pour écrire ? Elle en sera désolée.

— Pas trop. Je viens, comme compensation de lui donner à entrevoir qu'elle est faite pour une carrière plus fructueuse, qui est d'épouser le brave La Housssaye.

— L'argent ! toujours l'argent ! dit l'apôtre en haussant les épaules.

— Mais, mon cher, les théoriciens de votre espèce ne parlent que d'argent, du matin au soir. Cela prouve que l'argent est bien quelque chose.

— On croirait que vous désirez ce mariage ?

— Il m'amuserait. Ce sera drôle de voir cet homme imprenable, impeccable, impassible, aux mains d'Antoinette de Louarn. Celle-là, soyez-en sûr, le secouera. Puis j'ai d'autres raisons.

— Mystérieuses?

— Nous n'en sommes plus aux mystères. Je soupçonne que mon mari et mon oncle cachent des visées secrètes sur le châtelain du Mûrier; et je n'entends pas que ma fille porte à ce beau monsieur une des grosses fortunes de France. Au contraire, ne verrions-nous pas, vous et moi, avec un plaisir légèrement malicieux, l'argent du père La Houssaye, l'exploiteur des ouvriers, passer à la fille de Louarn, le soutien des classes laborieuses?

— Il y a un bras de mer entre nous et Louarn.

— Qui sait? Il n'y aura peut-être qu'un ruisseau entre nous et sa fille... A tout événement, je la ferai inviter aux chasses. Vous ne refuserez pas d'y venir, monsieur l'homme austère? Et nous verrons, croyez-moi, des hallalis de plus d'une sorte.

— Ah! dit Thomassin, vous me rabaissez à votre diplomatie, moi qui étais fait pour combattre! J'ai toujours pensé qu'un semeur d'idées est perdu s'il se livre aux femmes.

6

— Dites-le donc un peu sans rire, fit la belle Marthe en s'étirant dans son fauteuil, les mains derrière la tête, les yeux brillant d'un fauve reflet...

VII

La diplomatie est l'art d'obtenir sans violence une chose contraire au désir de celui qui
la donne. Il est certain que le marquis n'avait
pas fort envie de courre le cerf en compagnie
d'un collectiviste — pure façon de parler; car
Thomassin n'avait jamais connu le cheval que
dans les relations bourgeoises de ce quadru-
pède avec le fiacre. — Lui-même, d'ailleurs,
hésitait à prendre part à des fêtes cynégétiques,
dernier vestige de l'abaissement du peuple en
des temps maudits. Le problème consistait
donc non moins à faire donner l'invitation
qu'à la faire recevoir : un diplomate ordinaire
eût échoué devant cette complication.

Mais il n'y avait rien d'ordinaire dans les

moyens que Marthe pouvait employer sur
Thomassin. Elle acheva son triomphe par la
moquerie, puis par des exemples tirés de
l'histoire.

— Allez-vous maintenant, dit-elle, faire la
mine au « luxe des bourgeois » ? C'est bon
pour les vieilles barbes de l'ancienne école.
D'ailleurs, vous n'êtes pas plus compromis par
les cerfs de mon oncle que par nos faisans.
Posez-vous pour le septembriseur, qui court
les clubs avec une pique à la main ? Non ;
vous êtes un apôtre de la race intelligente, de
ceux qu'on a vus dans les palais au temps des
Césars. N'oubliez pas votre devise : « La Révo-
lution sociale a germé dans le limon ; c'est
dans les hautes couches qu'elle doit fleurir. »

Thomassin pouvait d'autant moins l'oublier
qu'il avait déjà cueilli des fleurs très substan-
tielles sur ce terrain de choix. Restait à faire
le siège du marquis ; mais, pour cette campagne, les alliés ne manquaient pas. Une demi-
douzaine de personnes, dont trois femmes,
entouraient l'assiégé, l'hypnotisaient de leur
désir, du même désir intense de passer deux
semaines sans se quitter, sous le même toit, en

ayant le prétexte de chasser à Villegarde. Pauvre marquis ! Tous ces veneurs pour rire songeaient bien à sa meute admirable, à ses laisser-courre fameux ! Adrien lui-même n'y pensait guère. Il ne voyait que les yeux d'Antoinette, ces yeux impénétrables, dont il ne pouvait plus se passer. Jamais diplomatie ne fut mieux conduite. Non seulement Ferréol céda ; mais encore il crut devoir, chose amusante, s'excuser de sa capitulation auprès de La Houssaye, le jugeant plus sérieux que les autres. Il vint tout exprès le voir au Mûrier, et lui dit :

— Mon cher, je suis dans l'embarras pour composer mes séries. Vous êtes de toutes, cela va de soi : il n'y a pas de bonne chasse sans vous. Mais Louise meurt d'envie d'être amenée, et je meurs d'envie qu'on l'amène. Dans ce cas, pour que la petite ne soit pas seule de son espèce, on m'engage à prier mademoiselle de Louarn, ce qui entraîne le frère et le papa. Enfin, pour couronner le tout, je vous donne en cent quel grand homme de sport ma nièce veut que j'invite.

— Cardot, peut-être, dit Adrien feignant l'ignorance.

— Non : Thomassin !... Voilà une série ! Sur dix ou douze personnes qui rempliront le château, il y aura trois hommes capables de rester sur une selle. A quoi ressembleront nos chasses ?

— Les premières sorties d'un équipage ne sont jamais les meilleures, observa La Houssaye perfidement. Cette première série... d'amateurs nous donnerait le temps de faire travailler les chiens et les hommes.

— Oui, mais Thomassin ? J'accorde qu'il a de la tenue en général : mais n'empêche qu'on connaît ses idées. Que dira-t-on de moi ?

— Que voulez-vous qu'on dise ? Le prince de Galles a bien dîné avec Gambetta ! Faites attention, d'ailleurs, que, pour vos invités, le personnage n'aura rien de neuf.

— C'est assez vrai, tout cela. Quand j'aurai honte de ma faiblesse, je me souviendrai du prince de Galles. Va donc pour une première série... d'amateurs, et que « monsieur Saint-Hubert » m'ait en pitié !

Villegarde remonté en voiture, Adrien fit seller un cheval et galopa jusqu'à Meaux.

Antoinette de Louarn se trouvait seule dans le petit salon de l'appartement qu'elle occupait à l'hôtel. Son père venait d'aller à Paris ; son frère était de service.

— Bonne nouvelle ! fit La Houssaye rayonnant. Vous irez à Villegarde !

— Voilà une nouvelle qui n'est peut-être pas si bonne qu'elle en a l'air. J'imagine qu'il va falloir monter à cheval et, — les joues d'Antoinette se colorèrent un peu, — notre écurie s'est réduite, l'année dernière, à une vieille jument de cabriolet. Inutile de vous dire si je suis rouillée.

— Ce n'est rien : vous avez deux semaines devant vous.

— J'aurais deux ans que ce serait la même chose, puisque je manque d'un cheval à monter. Reste à savoir si mon frère, qui en fait étriller plusieurs centaines au quartier chaque matin, pourra me fournir un de ces utiles animaux. D'ailleurs, à tout événement, j'avais apporté mon amazone.

— Aimez-vous la chasse, au moins ?

— Je l'aime comme j'aime les plaisirs de ce monde, sans enthousiasme.

— Et peut-on savoir ce que vous aimez avec enthousiasme?

Elle chercha un peu, et, ne trouvant rien sans doute, elle sourit de l'air désolé du jeune homme qui la dévorait du regard.

— Mon silence est malheureux ! dit-elle enfin. Vous voilà convaincu, maintenant, que j'ai une âme de pierre.

— Je me souviens, répondit La Houssaye, d'avoir vu un brave homme qui jouait d'un instrument formé avec des cailloux. Il en tirait une musique charmante. Qui sait les surprises que peut donner « une âme de pierre »? Votre maladie passe quelquefois : je l'ai eue.

— Et vous êtes guéri? Le remède, monsieur, le remède !

Adrien avait beau jeu pour répondre ; mais, dans ces yeux admirables, il crut voir soudain un rayon de lumière froide qui le replongea dans sa timidité.

— Je ne crois pas que le remède agirait sur vous aussi vite que sur moi, dit-il avec mélancolie. Ce qu'il vous faut, c'est un traitement prolongé... Revenons au sujet qui

m'amène : voulez-vous essayer... un de mes
chevaux?

— Un cheval de femme? Vous en avez un
dans votre écurie?

Adrien détestait le mensonge; mais il n'est
si forte conscience ni si bon juge qui ne
sommeillent parfois. Il mentit bravement et
répondit :

— J'en ai un... par hasard. Vous le monterez demain : il ne faut pas perdre un jour.

— Demain, c'est impossible. Mon frère n'aura
pas un instant.

— Eh bien, vous monterez avec moi. N'oubliez pas que je suis un *vieil* ami de votre
père. De plus, vous êtes un peu Américaine,
vous l'avez dit.

— Plût au Ciel que nous fussions en
Amérique!... Mais, hélas ! nous sommes en
France, où la boue du soupçon, immédiate-
ment, souille l'amitié d'un sexe à l'autre.

— Vous avez donc de l'amitié pour moi?

— Certainement, dit Antoinette, beaucoup.

Et comme Adrien, moitié heureux, moitié
triste de ce mot d'*amitié* lui baisait la main,
elle ajouta :

— Vous n'êtes donc pas si sage que je croyais? Le proverbe nous enseigne qu'il ne faut jamais prêter son cheval. J'ajoute que je ne puis vous offrir un royaume en échange, comme fit le roi Richard en pareille occasion.

— Je n'attends pas de royaume : seulement la charge d'écuyer ordinaire de... Votre Majesté.

Il prit dès lors l'habitude de la qualifier ainsi quand ils causaient familièrement : il trouvait que la formule convenait bien à cette beauté souveraine.

Étant convenus que mademoiselle de Louarn monterait le surlendemain, ils se quittèrent. Au fond, le jeune homme était plus content que fâché du retard. Il n'avait pas trop de temps pour choisir, acheter, harnacher, ramener chez lui le cheval « qu'il avait dans son écurie ».

Une heure après, il était à Paris. Sautant dans une voiture, il courut droit au boxe où son marchand tenait une de ces bêtes que les amateurs sérieux « suivent » d'écurie en écurie, comme on suit un Nattier ou un Greuze de collection en collection.

Le marché fut vite conclu à des conditions avantageuses — pour le marchand. Alors Adrien fut tranquille, tout au moins sur la manière dont mademoiselle de Louarn serait montée. A vrai dire, il l'était moins sur la manière dont elle monterait. En tout cas, le cheval était doux, pas trop jeune, également capable de garder la tête par le pays le plus dur, ou de faire valoir une jolie femme au petit galop dans une allée de forêt, suivant les goûts ou les capacités de la personne. Adrien coucha dans son pied-à-terre. Le lendemain, il s'expédiait à lui-même, par le chemin de fer, une selle de femme de chez Beck. Puis, monté sur *Elphin*, son nouveau pensionnaire, il faisait, d'un train sage, les neuf lieues qui le séparaient du Mûrier.

Le jour convenu pour l'essai, il fut debout dès l'aube. A une heure trop matinale pour craindre les rencontres, il sortit de chez lui, sur l'animal qu'il destinait à l'honneur de porter la belle Antoinette. Mais nul n'aurait pu, sans éclater de rire, contempler ce personnage en cape et en bottes, assis de côté, la jambe droite prise dans la fourche, le bas du corps drapé dans la couverture légère qui simulait une jupe. Ainsi accoutré, il venait de prendre un galop à travers champs et de regagner la route en sautant le fossé près d'un bois, lorsqu'il aperçut un cavalier qui le regardait faire, immobile comme une vedette. Ce cavalier n'était autre que Villegarde, un matineux, lui aussi. Quand Adrien qui, à vrai dire, l'eût mieux aimé loin, fut à portée, le marquis lui demanda :

— Vous avez donc acheté *Elphin?* Depuis quand?

— Depuis hier. Vous l'avez reconnu? Quel œil vous avez!

— Oh! parbleu! il n'est pas difficile à reconnaître. Ses pareils ne courent pas la Brie. D'ailleurs, il a chassé à Villegarde. Je vois encore — et vous aussi — l'adorable créature qui le montait, une des plus rudes écuyères, une des plus jolies femmes de France. Et j'aurais pu prédire alors ce qui s'est passé depuis : les imprudences poussées trop loin, le mari ouvrant les yeux, le duel, le procès, le divorce... et la charmante folle disparaissant, à pied, dans la foule un peu trop nombreuse de nos déclassées. Du coup, le pauvre *Elphin* s'est trouvé à vendre. Parole d'honneur, cela me remue de le voir !

— Naturellement, dit Adrien un peu sot. Il me reste à vous expliquer... Je dois être assez ridicule...

— Oh ! mon brave, j'ai été ridicule de la même façon, quelquefois ; et je regrette ce beau temps-là. Mais vous faites injure à *Elphin* en l'essayant. Pour peu que mademoiselle de Louarn ait pratiqué, elle pourra le conduire avec un brin de laine. Car c'est pour elle, évidemment, que vous travaillez le cheval ?

— Mon Dieu ! oui. Pour le moment, je prête *Elphin* à... Mais, plus tard, ce sera pour moi une recrue... dont j'avais besoin.

Tous deux suivaient, au pas de leurs montures, le chemin désert où la rosée collait des feuilles jaunes, mélancolique dépouille des peupliers. Villegarde, après un instant de rêverie, interpella son compagnon :

— Savez-vous à quoi je pense ? Eh bien ! je pense à la responsabilité qu'on encourt à inviter du monde chez soi. Peut-être que, sans une certaine invitation que j'ai faite, l'animal que

7

vous montez serait encore au service de sa maîtresse. Et peut-être qu'une autre invitation va décider du sort... d'*Elphin*. Pourvu qu'il ne soit pas *jettatore !*

Comme Adrien gardait le silence, Villegarde continua :

— Vous êtes un des hommes que j'aime le mieux et, si j'étais une femme, je pourrais avoir un fils de votre âge. Tout cela me donne le droit de vous sermonner un peu. Eh bien ! mon cher, je trouve que vous allez vite.

— En matière d'acquisition de chevaux ?

— Voyons ! pourquoi parler en paraboles ? Il y a quarante-huit heures à peine, je vous manifeste l'intention de prier chez moi Louarn et sa fille. Le lendemain, vous dépensez... oh ! je dirais bien trois cents louis, pour que cette belle personne ait le plus confirmé des *hunters* de France. Et je vous trouve ce matin faisant subir un examen en règle au pauvre *Elphin*, qui n'en a, morbleu ! pas besoin. Voilà des choses qu'on fait seulement quand on est fort amoureux... Je le répète, mon ami, vous allez vite. Où en serez-vous, de ce train-là, au bout d'une semaine passée à courir les bois ensemble ?

— Qui sait? répondit le jeune homme avec
un mouvement d'épaules.

— Vous êtes le maître, évidemment. Vous
l'êtes trop, hélas! Personne pour vous donner
un conseil... Et c'est une grosse affaire, vous
savez, le mariage! Mon Dieu! *elle* est charmante. Ou plutôt non : elle n'est pas charmante;
elle est superbe. Ces femmes-là vous mènent
en paradis ou en enfer; pas de milieu. Conclusion : il faut les étudier, savoir, — autant que
la chose est possible, — ce qu'elles ont dans
le cœur.

— Je tâche de le découvrir, dit Adrien.

— Oui, vous ressemblez à un fiévreux qui
voudrait tâter le pouls d'un être bien portant.
Joli diagnostic!... Ne vous hâtez pas trop :
c'est si grave! Je crois que chacun de nous
vient au monde fiancé par Dieu à une certaine
femme. Où est-elle, cette fiancée qui vous
attend? Est-ce l'écuyère qui va monter *Elphin?*
Ou bien vit-elle ailleurs, près de vous, loin de
vous, connaissant, ignorant votre existence?
Vous rencontrerez-vous plus tard, trop tard,
malheureux l'un et l'autre, condamnés à souffrir ou à trahir, disant chacun au fond du

cœur ou gémissant tout haut : « Hélas ! c'était
toi !... »

Ferréol parlait d'une voix singulièrement
émue, comme si le malheur dépeint par lui
n'était pas purement imaginaire. Une gravité
voisine de la tristesse pesait vaguement sur cet
entretien où, pour la première fois, Adrien
laissa voir son amour. En quittant M. de Villegarde, ce qui, d'ailleurs, ne tarda guère, il dit :

— Je compte sur le plus discret des hommes
pour ne pas divulguer cette rencontre... un
peu bizarre.

— Oh ! soyez tranquille, répondit Ferréol
en secouant la tête plusieurs fois.

Et lorsque sa petite-nièce, une heure après,
vint l'embrasser, il déclara, l'air bourru, qu'il
venait de faire une promenade remarquablement ennuyeuse. Toutefois, pendant le reste
de la journée, il eut pour sa jeune parente un
luxe d'attention et de caresses dont madame
Montgodefroy se montra surprise.

— Comme vous gâtez cette enfant ! dit-elle.

— C'est, répondit Villegarde, pour donner
l'exemple à sa destinée, — qui pourrait bien
la gâter moins.

De son côté, La Houssaye rentra chez lui beaucoup plus calme qu'il n'était depuis deux jours. Les paroles du marquis l'avaient étrangement remué. Sa fièvre était tombée, faisant place, comme il arrive en pareil cas, à une douloureuse lassitude. Il se trouvait simplement grotesque dans son accoutrement d'amazone à moustaches. Une réaction momentanée lui montrait sous un jour absurde son empressement à servir mademoiselle de Louarn. Qui pouvait prévoir ce qu'elle penserait d'un service rendu avec ce zèle de collégien? N'allait-elle pas y voir une galanterie exagérée, compromettante?... Si le pauvre garçon eût croisé sur la route son marchand de l'avant-veille, nul ne peut affirmer qu'il n'aurait pas rendu *Elphin*.

Mais il ne rencontra que des laboureurs, incapables d'apprécier le mérite que possède un trois-quarts de sang, même né en Irlande. Si bien qu'*Elphin*, après un repos convenable, partit pour Meaux, conduit en main par un homme sûr. Inutile d'ajouter qu'Adrien suivit de près.

Le rayon de plaisir qui brilla dans les yeux

d'Antoinette, à la vue de *son* cheval, eut bientôt guéri le pauvre amoureux de ses angoisses du matin. L'écuyère, à vrai dire, était trop peu habituée aux animaux de prix pour juger *Elphin* à sa valeur. L'œil plus exercé de Fernand reconnut au premier abord un cheval de haut mérite. Après l'avoir admiré en silence, il dit avec un étonnement visible :

— Je ne savais pas votre intention d'augmenter votre écurie.

Antoinette fit semblant de ne rien entendre; mais elle avait tout deviné.

Une heure après, les trois amis galopaient dans la campagne, et La Houssaye, voyant la fière mine de son élève, ne regrettait pas son argent. *Elphin* fut installé à Meaux. Chaque jour, une promenade à trois avançait les progrès de la belle écuyère dans son assiette, sans avancer beaucoup les affaires de l'amoureux. Antoinette restait pour lui plus « Majesté » que jamais.

Entre temps l'invitation était parvenue à M. de Louarn sous forme d'une lettre polie. Adrien remarqua cette froideur ; il avait pensé que le marquis viendrait en personne. Néanmoins, on décida que la promenade suivante aurait pour but Saint-Urbain, où l'on devait notifier l'acceptation des Louarn. Le chef de la famille, qui passait plusieurs jours par semaine à Paris, s'excusait de ne pas accompagner ses enfants dans leur visite.

Elle fut courte d'ailleurs. La belle Marthe était seule au château, son oncle et sa fille étant eux-mêmes sortis à cheval. Mais, le soir, les oreilles durent tinter à quelqu'un.

— En voilà une qui n'a pas d'amour-propre! dit madame Montgodefroy, parlant d'Antoinette. Son amazone montre la corde partout, sauf aux endroits qu'il a fallu élargir avec du neuf.

Honoré, qui était venu de Paris pour dîner à la campagne, répondit :

— Son amazone peut montrer la corde, mais elle montre sûrement quelque chose de mieux. C'est une statue cette fille-là !

— Possible : malheureusement ce n'est pas une statue de la richesse, répliqua Marthe avec un à-propos féroce.

Elle abandonnait aux autres, sans jalousie, la correction des traits; mais il ne fallait pas

lui comparer personne pour *l'ensemble*. Honoré
continua :

— Eh bien, ma chère, vous pouvez dire :
voilà comme je serai dimanche. Louarn a tout
mangé en faisant ce que vous faites : du socialisme. Vous et vos amis devriez lui faire une
pension, au lieu de blaguer les vieilles jupes
de sa fille.

— Vous ne croyez pas si bien tomber, fit
madame Montgodefroy. Nous comptons que sa
fille touchera de belles rentes, un de ces jours.

— Le jour où « l'iniquité sociale » aura vécu?

— Non, mais le jour où la statue deviendra
madame La Houssaye, répondit Marthe, après
s'être assurée qu'aucun domestique n'était
présent.

— Ah ! dit Montgodefroy, c'est votre idée, ça?

— Mon Dieu ! il m'arrive d'avoir des idées.

Un maître d'hôtel rentra, et l'entretien dut
changer de cours. Après quelques phrases,
Ferréol qui n'avait pas quitté sa petite nièce
des yeux s'écria vivement :

— Voyez donc, Marthe ; je crois que votre
fille se trouve mal.

VIII

On chercherait longtemps pour découvrir en
France une terre comme Villegarde. Ce n'est
pas que le château, reconstruit après la Révo-
lution, attire la curiosité par son architecture,
qui est banale, ou par ses dimensions, qui
restent dans l'ordinaire. Mais il occupe le centre
d'une forêt ayant le privilège, rare de nos
jours, de n'être percée ni par un chemin de
fer ni par une route. S'il prenait fantaisie à
son propriétaire de l'entourer d'un mur, il
pourrait changer en parc cet ovale irrégulier
de cinq kilomètres de long sur trois de large, qui
ressemble à une île détachée du vaste conti-
nent boisé de Fontainebleau. Le marquis se
garde bien d'arrêter par une clôture les cerfs

7.

vagabonds ou effrayés que lui envoie la grande forêt.

— Ils aiment à venir chez moi, dit ce veneur émérite. Le massif n'est pas grand, mais les animaux y sont tranquilles. Peu de bruit de voitures, jamais un coup de fusil, pas de promeneurs : le site n'a rien de pittoresque. D'ailleurs les « cyclistes » parisiens n'y trouveraient pas de café-restaurant pour eux et leurs dames.

Aucun propriétaire de France ne peut se dire *chez lui* dans une pareille étendue de terrain. Aussi Ferréol se donne le luxe de mener à Villegarde une existence de petit monarque. Il a son armée, six gardes à pied et deux gardes à cheval qui, chaque matin quand il est là, viennent prendre les ordres pour les manœuvres de jour et de nuit contre les braconniers. Parfois, s'il ne peut dormir, le marquis demande son cob et, suivi d'un cavalier, pousse une reconnaissance afin de constater que les patrouilles exécutent leurs mouvements à l'heure dite et sans tumulte. Car, ainsi qu'il le répète à propos de tout, « il ne faut pas déranger les animaux ».

Ceux-ci pullulent, grâce aux précautions paternelles qui les entourent. Ils broutent les blés voisins, et le marquis paye pour eux, de même qu'il paye pour les lapins foisonnant avec indiscrétion, dans une heureuse ignorance du plomb des chasseurs. Les riverains se gardent bien de fumer leurs terres : ce n'est pas la moisson qui fournit leur revenu.

Cependant il vient une époque où le repos des dix-cors est troublé. Un des premiers jours de novembre, la meute, les piqueurs, les gardes, les valets de chiens, remplissent la chapelle du château. Les trompent sonnent ; les invités paraissent à la tribune ; l'abbé Esminjeaud, « mon aumônier », comme l'appelle en riant le marquis, chante de sa belle voix de ténor la messe de Saint-Hubert.

Puis on monte à cheval. Bientôt sous les grands chênes des réserves, on voit passer la bête de meute aux longs bois couchés sur l'échine, et les habits éclatants des veneurs.

Tel fut le cérémonial observé à Villegarde, comme tous les ans, par un beau jour de novembre de l'année 1893. Ferréol avait suivi le conseil d'Adrien et composé une première série avec les personnages déjà connus. Mais un certain nombre d'amis, de voisins, d'officiers de Fontainebleau ou de Montargis, étaient venus grossir l'assistance de la chapelle et suivre, qui à cheval, qui en voiture, le premier laisser-courre de la saison.

— Quand j'ai mon fouet de maître d'équipage, déclarait le marquis, j'entends que l'on m'obéisse.

Il avait donc donné à chacun sa consigne, tandis qu'on prenait un premier déjeuner sommaire en famille :

— Mon cher Adrien, je vous sais plein de prudence, — il souligna d'un regard l'allusion à certaine promenade sur *Elphin*, — quand il s'agit de la sûreté d'une amazone. C'est donc vous que je charge de veiller sur les débuts de ma petite-nièce. Monsieur de Louarn est désigné tout naturellement pour escorter sa sœur. Quant à vous, Marthe, vous n'aurez qu'à choisir un garde du corps parmi vos compagnons. Moi, surtout pour une première sortie, je dois galoper derrière les chiens.

On devine que ces ordres n'étaient pas ce qu'eût désiré plus d'un auditeur ; pourtant nul ne protesta. Le marquis, dans l'uniforme sévère de son équipage, avec sa grande taille, ses moustaches de reître, son regard plein de feu, commandait l'obéissance et véritablement aussi l'admiration.

— Mesdemoiselles, dit-il, voulez-vous me permettre de remplacer le carquois de Diane par un attribut moins gênant?

Il offrit à chacune des jeunes filles un élégant poignard à manche de velours, qu'elles s'empressèrent d'ajuster à leur ceinture. Puis Ferréol but aux dames et aux succès de la journée.

Trois invités de la série manquaient; mais ceux-là n'étaient pas des veneurs sérieux. Montgodefroy était à sa banque; Pierre de Louarn conduisait à Montmartre un pèlerinage d'ouvriers; Thomassin prétendait avoir des épreuves à relire. Peut-être aussi que la messe l'effrayait; car, cette fois, il n'aurait pu rester à la porte comme il faisait aux enterrements des Bondieusards. On était convenu d'ailleurs que ces trois absents devaient arriver par un train du soir, pour prendre place au dîner de la Saint-Hubert.

L'heure était venue d'aller entendre les rapports des valets de limier chargés de faire les enceintes. On avait le choix, d'après le travail du matin, entre plusieurs animaux. D'ordinaire, le marquis chassait de préférence les cerfs à leur première tête, les vagabonds, comme il disait. Il désigna cette fois un vieux dix-cors, et, tout en offrant le bras à mademoiselle de Louarn pour la conduire à la tribune, il expliqua le motif de sa décision :

— C'est la première fois que ma petite Louise va suivre à cheval. Il ne faut pas que nous tombions sur un jeune gaillard qui nous emmènerait jusqu'aux gorges d'Apremont. Tant pis si la chasse est un peu courte!

Sur le seuil de la chapelle, deux gardes à cheval, le couteau de chasse au poing, six gardes à pied, hallebarde en main, rendaient les honneurs. Déjà la meute attendait, massée devant la chapelle, silencieuse sous le fouet des valets. Quand le marquis occupa son prie-Dieu, les trompes éclatèrent, donnant le signal d'un concert d'aboiements. Puis tout se tut, et l'on vit paraître, sous les vêtements sacerdotaux, un prêtre encore jeune, dont le regard plein d'énergie rayonnait, à ce moment, d'une auréole de foi et de bonheur mystique. On devinait que cet assemblage bizarre, cet autel brillant de lumières, ces trompes sonores, ces chiens hurlants n'existaient pas pour lui, que sa pensée voyait seulement le mystère prochain, avec ses voluptés divines. Quand il se retournait, les yeux d'Antoinette cherchaient son regard, non pas baissé, mais *perdu*. Et, contre son attente, elle pria pendant cette messe avec une ardeur émue, qu'elle s'affligeait pieusement de ne pas éprouver toujours.

Enfin l'on partit, après que le maître d'équipage eût visité lui-même les étriers, les brides, les sangles des chevaux des trois femmes. Il dit à Antoinette :

— Laissez à votre cheval une grande liberté aux obstacles. C'est un vieux routier, qui sait ce qu'il doit faire avec une femme sur le dos.

— Vous le connaissez donc ? demanda la jeune fille.

— Oui, mademoiselle, répondit Villegarde en s'inclinant; c'est la seconde fois qu'il porte la plus belle de mes invitées.

Il n'en dit pas plus et s'éloigna; mais ce

compliment très sobre, tombée d'une telle
bouche, fut pour Antoinette un plaisir qu'elle
n'avait pas trouvé dans les déclarations les plus
ardentes. Ses yeux, moins calmes qu'à l'ordinaire, semblaient suivre au loin la masse
bigarrée de la meute qui gagnait le rendez-
vous, conduite par les valets à pieds et les
piqueurs à cheval, dont les trompes reluisaient.
Tout à coup, elle tressaillit, rappelée comme
d'un rêve par la voix d'Adrien :

— Eh bien ! disait le jeune homme, avez-
vous rencontré enfin cette chose inconnue que
vous cherchiez l'autre jour, et qui doit vous
donner l'enthousiasme ?

Elle répondit : « Presque ! » avec un sourire
énigmatique. Puis, sentant qu'elle était ingrate :

— Je suis sûre, ajouta-t-elle, que ce sera *tout
à fait* quand je galoperai sur *mon* cheval,
derrière les chiens. Et c'est à vous que je
devrai cette fête. Merci !

— Ah ! murmura le jeune homme, que sont
toutes les fêtes à côté de celle que donne aux
yeux votre seule présence ! Hélas ! il m'est
interdit de vous suivre : plaignez-moi !

Elle fit signe de la tête, sans parler, qu'elle

refusait de le plaindre, et, comme on partait,
il s'éloigna pour aller mettre en selle Louise
Montgodefroy. Mais, tout en escortant cette
dernière, il se demandait continuellement :

« Pourquoi ne suis-je pas à plaindre ? Que
veut-*elle* dire ? Est-ce une banalité polie pour
la débutante que j'accompagne ? Ou bien cette
incomparable créature m'encourage-t-elle à
espérer ? »

— Messieurs, vous n'êtes pas amusants, fit
la belle Marthe, qui chevauchait au pas de
l'autre côté de sa fille. Que sert donc d'être
jeune ?

Fernand de Louarn, qui venait derrière avec
Antoinette, répondit :

— Voilà une question que je me pose vingt
fois par jour. Ces coquins de poètes nous la
baillent belle avec l'insouciance de la jeunesse.
Naturellement, je parle des troubadours à
la Béranger : ceux d'aujourd'hui sont moins
bêtes. La jeunesse ! mais c'est l'âge des soucis
par excellence. Depuis ma dixième année, je
peine comme un forçat. Mes vingt ans m'ont
laissé des souvenirs atroces : les examens de
Saint-Cyr, question de vie ou de mort ! Puis

le numéro de sortie, puis Saumur, puis les galons. Au quatrième seulement j'aurai le temps de souffler : alors, je serai gai peut-être.

Mademoiselle de Louarn ajouta :

— Que dirais-tu donc à notre place ? Nous devons, nous, rester simples soldats toute notre vie, puisqu'il nous faut obéir aux hommes, à leurs lois, aux conventions imaginées par eux.

— Oh ! dit Adrien, certaines femmes n'ont pas même besoin de commander. On cherche à deviner leurs désirs dans leurs yeux... Mademoiselle, — ceci à Louise, — vous oubliez que vous êtes à cheval. Tenez mieux vos rênes.

La jeune fille, avec un sourire à peine ébauché, suivit le conseil de son Mentor.

— J'obéis, dit-elle. Moi, j'aime à obéir.

Malgré le reproche de Marthe, la jeunesse fut assez morose jusqu'au rendez-vous qui, Dieu merci ! n'était pas loin. Ferréol s'y trouvait déjà, faisant les honneurs de sa forêt avec une grâce inimitable, un peu hautaine pour les hommes, d'autant plus séduisante pour les femmes qui, invariablement, raffolaient de lui. Quelques présentations eurent lieu ; puis on se mit en route pour frapper à la brisée. Peu de minutes après, la meute donnait à vue.

La bête ne chercha point d'abord à déboucher de la forêt de Villegarde, mais seulement à gagner les chiens de vitesse dans l'espace libre des jeunes coupes. Le train, des plus sévères, ne fut pas long à séparer les cavaliers, selon leur talent ou la qualité de leurs montures. Madame Montgodefroy, bonne écuyère, mais, comme disait son oncle « écuyère de luxe », resta au dernier rang, d'autant plus qu'elle voulait ménager sa fille. Adrien, enchaîné par ses devoirs, se vit condamné à grossir le nombre des prudents et des sages. Tout au contraire, le jeune Louarn et sa sœur piquaient dans les premiers avec une remarquable énergie. Mais lorsque le cerf, très vite fatigué de se faire battre, eut débûché en plaine, dans un terrain coupé de haies et de ruisseaux, l'allure devint effrayante.

C'est alors qu'*Elphin* montra ses qualités de grand *hunter*. Le lieutenant, dont la jument de remonte n'avait pas les mêmes moyens, sentit bientôt qu'il ne pourrait se maintenir à côté d'Antoinette.

— Pas si vite ! cria-t-il. Tu montes en
cassé-cou !

Mais, soit qu'elle ne voulût pas entendre,
soit qu'*Elphin* échauffé par l'action refusât de
ralentir, elle continua de galoper dans le
même train, ne perdant jamais de vue la
haute silhouette d'un veneur qui la devançait
d'un quart de kilomètre, et qui n'était, selon
son ordinaire, devancé par personne.

La bête, cependant, quittait la plaine, tra-
versait le canal et cherchait les coteaux pleins
de carrières, qui s'étendent de Souppes à
Château-Landon. Les chiens passèrent à la
nage ; Ferréol dut continuer en ligne droite
pour gagner l'écluse. Quand il eut rejoint sur
l'autre rive la direction présumée, il se porta
rapidement jusqu'au sommet d'une crête acces-
sible pour un cavalier de sa force, mais que
les travaux d'extraction, abandonnés aujour-
d'hui, changeaient sur le versant opposé en
une terrasse à peu près à pic d'une dizaine de
mètres. Il pouvait, de cette place, découvrir
une étendue considérable ; cependant, ni l'animal de meute, ni la meute elle-même n'étaient
visibles au loin. Il prêta l'oreille : aucun

bruit. Tout à coup, il aperçut un berger qui, du pied de la falaise, à quelques centaines de pas, faisait des signes; mais où trouver une descente praticable sans risquer une chute presque certaine? Longeant l'excavation, il finit toutefois par découvrir une sorte de moraine formée par un amoncellement de détritus de carrière, et, par ce plan incliné encore très dangereux, il rejoignit l'homme qui multipliait les signaux.

Comme il s'apprêtait à questionner, un vacarme infernal, qui semblait sortir des entrailles de la terre, lui fit comprendre ce qu'était devenue la chasse.

— Ils sont là! criait l'homme. Ils ont roulé pêle-mêle de l'endroit où vous étiez. Si vous aviez vu!... Je crois bien que le cerf n'a plus que trois jambes.

— Oui, mais il a beaucoup d'andouillers, répondit Villegarde. Mes pauvres chiens en voient de grises!... Voulez-vous tenir mon cheval?

Deux minutes plus tard, son couteau de chasse à la main, il arrivait au bord d'une large cavité souterraine, abandonnée depuis longtemps par les carriers. Là, dans un jour douteux, quarante chiens donnaient un concert infernal d'aboiements que dominait, par intervalles, une plainte lugubre hurlée par quelque victime. Bientôt Ferréol put voir le cerf qui, acculé aux parois, faisait tête, vendant chèrement sa vie. Ce ne fut pas sans peine et sans un grave danger qu'il parvint à servir l'animal furieux.

Comme il se retournait pour fouailler la meute, il aperçut une forme féminine qui s'avançait, le poignard à la main. C'était Antoinette.

— Oh! oh! cria Villegarde, vous veniez mourir avec moi? C'est bien, cela! Pardieu! je ne croyais guère ce matin armer une Diane véritable... Mais permettez-moi de contenir les chiens, si vous voulez qu'il reste quelque chose pour la curée... Ah! voici mon piqueur. Laissons-le faire; maintenant, je vais appeler notre monde.

Il sortit de l'excavation, gravit la rampe, et, debout sur la crête, il mit sa trompe au poing d'un noble geste de vainqueur. Villegarde, en ce moment, aurait charmé un peintre. Le pied

droit sur un bloc, le poing gauche à la taille,
l'autre coude levé afin de coller l'embouchure
aux lèvres, il enflait sa large poitrine pour
envoyer à la plaine les notes joyeuses de
l'hallali par terre. A quelques pas se tenait
mademoiselle de Louarn, qui l'avait suivi,
— de même qu'elle le suivait depuis une
heure, — par une sorte d'instinct prenant la
place de sa volonté. Dans la prairie, de l'autre
côté du canal, quelques veneurs au galop de
leurs chevaux, des valets de chiens au trot de
leurs longues jambes, se hâtaient d'accourir,
comme à l'appel d'un maître tout-puissant.

La jeune fille, de ses grands yeux qui
n'étaient plus mélancoliques, buvait ce spectacle
dont l'image entrait en elle pour ne jamais
quitter sa mémoire. Soudain, elle poussa un
cri :

— Mon Dieu! vous êtes blessé!

De fait, à la main gauche de Ferréol, un
sang vermeil coulait doucement.

— Ce n'est rien, dit-il; je ne me savais
même pas touché. On ne voyait pas clair dans
cette cave, et j'ai peur que mes toutous n'aient
plus de mal que leur maître... Quoi! vous

êtes chirurgien aussi ! Est-ce que, par hasard, vous seriez de ces femmes que rien n'effraye ?

Déchirant son mouchoir pour en entourer les doigts du blessé, elle répondit :

— Toute femme, à son heure, est intrépide. Peut-être, si j'avais été là, j'aurais pu vous défendre.

Elle parlait avec une animation si étrange, que ce grand devin des cœurs en fut frappé. Et, sans doute, ce ne fut point au hasard qu'il répondit :

— Vous êtes arrivée la première : c'est magnifique ! Aussi, quel cheval !... Vous ferez bien de remercier celui qui vous le prête.

Elle eut un sourire singulier, le sourire que les femmes ont parfois à la vue de l'ironique récompense que le sort ménage à certains dévouements. D'ailleurs, elle n'eut pas à répondre : plusieurs cavaliers arrivaient, parmi lesquels Fernand de Louarn. Celui-ci, au lieu de complimenter Antoinette, la tança vertement :

— Tu as monté comme une folle. C'est un miracle que tu sois en vie, toi d'ordinaire si froide à cheval.

Toujours souriante, elle répondit :

— Si tu veux gronder quelqu'un, gronde *Elphin*. C'est lui qui est responsable de tout. Moi, je deviens fataliste.

Et, courbant sa taille de nymphe, elle cueillit une pâquerette où séchait une goutte de sang.

Une heure après, tout le monde était réuni sous un grand chêne, pour la curée chaude. En apercevant Adrien qui, fidèle à son devoir, était resté près de Louise, le marquis l'interpella gaiement :

— Pauvre Crillon ! Vous n'êtes pas encore pendu ? Quelle bataille, mon ami ! Dans l'histoire de Villegarde, elle portera un beau nom : *Journée des demoiselles*.

En quelques mots, le maître d'équipage raconta les prouesses d'Antoinette. Pas besoin de dire qu'elle eut les honneurs du pied. Dans la cape du piqueur, elle laissa tomber un louis qu'elle venait d'emprunter à son frère :

— Mon pauvre ami, dit-elle tout bas, quand pourrai-je te le rendre ?

— Oh ! répondit gaiement l'officier, on peut

8

te faire crédit. Tu montes des chevaux de six mille francs.

— De six mille francs ?

— Oui, et des chevaux célèbres. Quelqu'un, tout à l'heure, contait l'histoire d'*Elphin*, acheté pour toi, tout exprès. Tu sais, ne le casse pas. Ce serait dur de le rembourser à ton amoureux.

— Ah ! mon amoureux !... fit-elle avec une expression singulière, les sourcils froncés.

Précisément Adrien s'approchait d'elle.

— Venez-vous luncher ? demanda-t-il. Notre hôte n'oublie rien. Voyez toutes ces bonnes choses qui s'alignent sur la mousse. Après de tels exploits, vous avez l'appétit ouvert, sans doute. Comme vous montez !

— Et vous, répliqua-t-elle, comme vous *mentez !* Le cheval de femme, que vous aviez dans votre écurie, *par hasard !*... Enfin, merci tout de même !

— Oh ! balbutia le jeune homme, ne me remerciez pas... J'avais besoin d'une recrue. Et c'était une occasion...

Le cœur de mademoiselle de Louarn n'était pas celui d'une coquette. Elle répondit, émue d'une grande pitié pour Adrien :

— Mon Dieu ! comme vous avez eu tort d'acheter ce cheval... qui galope si vite !

A ces mots, elle fondit en larmes. Adrien la regardait éperdu, incapable de comprendre. Tout le monde se demandait la cause de cet orage. Le marquis, jamais au dépourvu dans les cas difficiles, vint à elle souriant :

— La réaction ! dit-il. Je l'aurais parié. Vous avez été trop courageuse tout à l'heure, et vous avez fait cinq lieues au galop... Je vous prescris un verre de champagne.

Tout en parlant, Villegarde la servait, s'occupait d'elle avec une douceur grave de père. Et, tandis qu'elle buvait, les yeux encore brillants de larmes subitement taries, un regard pur, ineffablement douloureux dans sa mélancolie résignée, allait de ce beau visage au visage d'Adrien. Mais nul ne voyait l'état de Louise, pas même Fernand de Louarn qui causait avec elle, plus occupé de lui-même que du reste.

Cependant, comme l'héritière ne lui répondait pas, il découvrit qu'elle n'avait d'attention que pour Antoinette.

— Vous trouvez ma sœur tout à fait sotte ?

demanda-t-il un peu vexé. Mais je vous assure
que vous êtes toute pâle vous-même.

— C'est la première fois que j'assiste à une
curée, fit mademoiselle Montgodefroy en guise
d'excuse.

IX

Le break de poste, envoyé à la gare voisine,
ramena pour le dîner les trois « Parisiens »,
c'est-à-dire Pierre de Louarn, Thomassin et
Montgodefroy, ce qui complétait « la série ».
Deux étrangers seulement partageaient la table,
deux favoris du maître de maison. L'un était
l'abbé Esminjeaud, « l'aumônier » de Villegarde; l'autre madame Lepin, la jolie veuve,
qui amusait Ferréol comme une poupée drôle
qu'elle était. Juste assez écuyère pour suivre
une meute de loin, elle venait de son peti
château de Bougligny pour assister à chacune
des chasses. Très souvent, elle dînait à Villegarde quand la nièce du marquis était là et,
s'il fallait s'en rapporter aux bonnes langues,

8.

elle avait rêvé comme tant d'autres qu'elle pourrait un jour occuper à table la chaise du milieu.

Quoique Ferréol répétât volontiers qu'il dépensait tout son bien pour la vénerie, se réduisant aux croûtes pour lui et ses hôtes, les repas, à Villegarde, brillaient par l'abondance et la gaieté. Vers la fin de novembre, quand la belle Marthe était rentrée à Paris, certains dîners d'hommes voyaient la conversation prendre cette tournure rabelaisienne qui semble apporter un délassement aux veneurs fatigués. Mais, ce soir-là, Ferréol comptait parmi ses hôtes un prêtre et des jeunes filles, plus Thomassin qui gênait un peu tout le monde — sauf madame Montgodefroy.

Aussi la trêve silencieuse du potage dura plus qu'à l'ordinaire. Thomassin, dont l'air de Villegarde ne laissait pas que de charger les poumons, voulut faire bonne mine et revint aux projets littéraires de mademoiselle de Louarn, placée à côté de lui. La jeune fille le laissa parler : elle semblait avoir oublié ses tentatives qui l'occupaient si fort jadis. Ferréol, pour mettre son monde en train, commença le feu des plaisanteries sur sa voisine de droite, ce qu'il faisait d'ailleurs volontiers :

— Pauvre madame Lepin ! est-ce vrai ce qu'on raconte ? Votre cheval est fourbu ?

La petite veuve, à la connaissance de chacun, tremblait de frayeur à la seule pensée de revêtir son amazone, et montait seulement « par chic ». Jamais ses exploits cynégétiques ne dépassaient un *canter* dans les allées commodes, à une demi-lieue des chiens. Mais elle avait bon caractère, et juste assez d'esprit pour trouver réponse aux taquineries de son hôte. Avec un léger mouvement de sa tête blonde, elle répondit :

— Causez toujours ! Vous voudriez me voir rompre le cou. Mes héritiers vous payent, j'imagine, pour seconder leur impatience. Pauvres gens ! D'amères surprises les attendent sur le grand-livre de ma couturière.

— S'il s'agit de surprises, vous pourriez leur en faire une bien plus forte. Mais vous êtes de l'avis de saint Paul, qui propose l'état de veuve comme le plus... désirable qu'il y ait en ce monde. N'est-ce pas, l'abbé ?

Une gaieté très jeune éclaira les yeux du

prêtre qui, absorbé jusque-là, n'aurait pu dire s'il mangeait du saumon ou de la morue.

— Voilà, répondit-il, comment certaines personnes entendent les citations. Ce qui est indiscutable, c'est que saint Paul a parlé des veuves... avec intérêt. Mais à quoi d'humain ne s'est pas intéressé l'un des plus grands bienfaiteurs des hommes ?

Pierre de Louarn, qui voyait toujours les choses du côté sérieux, dit avec gravité :

— Telle est précisément la thèse que j'ai soutenue dans ma dernière conférence. Comme il aurait vite fait d'arranger nos questions sociales, ce génie profond qui a converti des royaumes !

Thomassin, par jalousie de métier sans doute, eut un mot sévère pour l'apôtre, son ancien :

— J'ai toujours trouvé que saint Paul voyait des solutions par trop aisées. Il mettait fin aux souffrances des malheureux en les envoyant au martyre.

— Et il y allait à leur suite, ajouta le prêtre doucement. C'est ce qui achève la simplicité de sa méthode.

Montgodefroy, plongé dans un salmis de
bécasses, résuma les opinions, tout en croquant
une cervelle.

— Mon Dieu ! le martyre... qu'est-ce qui
n'y est pas allé ? Chacun son tour. Jadis les
rois et les empereurs jetaient les chrétiens aux
bêtes ; plus tard ils ont été eux-mêmes guillo-
tinés, fusillés, et pas toujours canonisés. Les
bourreaux du Calvaire ont vu des représailles
assez dures, — et ils n'ont pas fini. Comme nous
disons, nous autres, les comptes sont apurés.
Je trouve qu'il serait temps pour le monde de
se tenir tranquille et de respirer un peu.

— On voit que vous revenez de la Bourse,
mon cher, dit la belle Marthe.

— Mais, ma chère, la Bourse est la plus
grande école de philosophie que nous ayons
aujourd'hui. Regardez : même les bombes
n'émeuvent plus les joueurs à la hausse.

— Tels, dit le marquis en riant, les sénateurs
romains attendant les Gaulois sur leurs chaises
curules.

— Eh bien ! continua le financier, qu'ont-
ils gagné vos Gaulois, ces anarchistes de leur
époque ? Les Romains, — c'est-à-dire les bour-

geois, — sont allés chez eux, les ont battus, leur ont pris leurs femmes et leurs filles... et la France est sortie de là.

— Ce qui prouve, dit Ferréol, que les Gauloises du temps de César étaient déjà charmantes. Messieurs, buvons à leur santé et à la santé des Gauloises, plus charmantes encore, d'aujourd'hui.

— Mesdames, riposta la petite veuve, je propose la santé des Romains, les fiers maris de nos grand'mères !

— D'autant plus qu'ils sont morts, ce qui rend toujours un mari adorable, poursuivit le maître de maison.

L'abbé Esminjeaud se mêla au rire général ; puis, élevant sa voix claire :

— A côté de ceux qui ont épousé les Gauloises, n'oublions pas ceux qui les ont converties. Sans le christianisme, nous n'aurions pas connu la civilisation actuelle.

— Oh ! monsieur l'abbé, prenez garde, fit Thomassin : vous voilà responsable des bombes, filles de la civilisation.

— Oui : comme l'inventeur des locomotives est responsable des déraillements. Les aiguil-

leurs n'y sont-ils pas pour quelque chose ?
Le train social a déraillé sur l'aiguille de
l'athéisme.

— De grâce, laissons les bombes tranquilles !
implora madame Lepin. C'est un mot qu'il
faudrait interdire de prononcer.

Adrien, du bout de la table, fit entendre sa
voix :

— Chère madame, l'interdiction existe chez
un peuple mieux gouverné que nous : je parle
des Turcs. L'année dernière, j'étais à Constantinople tandis que Paris sautait. Les journaux
du Bosphore parlaient de maisons démolies et
de gens tués. Quant à la cause, mystère. Si le
journaliste avait imprimé le mot *bombe*, il était
empalé ! Dans cet heureux pays la lampe
Édison est inconnue, parce qu'elle exige des
dynamos, qui pourraient faire penser à la *dyna-
mite*. Monsieur Thomassin peut rire ; mais
Constantinople, qui n'a pas connu le nom, ne
connaît pas la chose encore aujourd'hui.

Thomassin ricanait en effet, pinçant les poils
jaunes de sa barbe maigre.

— Ne cherchons plus le remède, il est trouvé :
c'est de nous faire musulmans !

— Ou chrétiens, corrigea Pierre de Louarn.

Thomassin allait répondre. Il semblait s'animer, et son Egérie craignait qu'il ne prît le mors aux dents. Elle dit, lui coupant la parole :

— Ah ! si l'on pouvait espérer que la religion guérira la misère du peuple !

Antoinette, placée en face du prêtre, vit son visage transfiguré par la foi, comme il était le matin dans la chapelle. Vibrante, la voix du serviteur de Dieu s'éleva :

— Non ! il y aura toujours des affamés, des affligés, des faibles ! toujours, jusqu'à la fin du monde ! Pourquoi donner aux malheureux la fausse espérance ? Un instant de résignation... puis la paix sans larmes, sans fatigue, sans l'épreuve de la dureté et de l'injustice humaine : voilà nos promesses. Déjà elles consolaient ces Gaulois opprimés par les vainqueurs dont nous sommes les fils. Que n'avons-nous pas fait pour eux dans les premiers siècles ? Nous les avons sauvés des barbares. Nous avons gardé la civilisation, alors vagissante dans nos bras. Elle souffre aujourd'hui parce que, affaiblie par l'âge, elle a cherché d'autres soutiens. Mais nous la sauverons encore des barbares d'aujourd'hui, — et c'est elle qui nous suppliera de la sauver. Nous sommes prêts.

Cette prophétie n'eut pas le don de plaire à Thomassin, qui répondit :

— Les compagnons d'Attila étaient gorgés quand ils se retiraient devant vous. Les barbares d'aujourd'hui, — vous désignez par là notre cher peuple d'ouvriers, — ont l'estomac vide. Je crains que leurs oreilles ne soient plus lentes à s'ouvrir que celles des Huns.

— L'Église connaît depuis plus longtemps que vous les misères du peuple, reprit l'abbé. Elle a nourri, vêtu, soigné des populations entières au moyen âge. Elle a enseigné même à des soldats la bienfaisance poussée jusqu'à l'abnégation. Qui d'entre vous, philanthropes de ce siècle, jouira de la popularité d'un saint Martin ?

L'apôtre, décidément, n'acceptait pas volontiers les gloires établies. D'un geste il montra qu'il désirait pour lui-même quelque chose de mieux comme popularité.

— Je comprends que saint Martin ne soit pas votre homme, dit le caustique Montgode-

froy : il n'a donné qu'une part de son manteau.
Belle affaire ! Aujourd'hui, pour contenter
l'école moderne, il devrait couper en deux son
cheval aussi. Tout le monde y gagnerait, surtout
le cheval, n'est-ce pas, monsieur Thomassin ?

— Veut-on me laisser parler ? demanda le
champion de l'école moderne. Je suis trop de
bonne foi pour nier la philanthropie religieuse ;
mais elle n'a qu'une forme : l'aumône. Toujours
l'aumône ! Toujours l'abaissement de la dignité
humaine ! Martyrs ou mendiants, voilà le
dilemme qui se dresse devant ceux qui vous
écoutent.

— C'est vous et vos amis qui leur mettez au
cœur cette amertume désespérante, répliqua
l'abbé. Le Christ a fait du pauvre le créancier
du riche, bien avant que vous cherchiez à
faire voter la même loi par vos assemblées.
Quand nous, les pauvres, — car j'ai le grand
honneur d'être pauvre, monsieur, — quand
nous recevons l'aumône, c'est une dette qu'on
nous paye.

— Dette commode ! Les huissiers ne troublent pas le débiteur dans sa digestion de repu !

— Que dites-vous ? S'il est chrétien, deux

huissiers infatigables harcèlents on repos. L'un se nomme la conscience : l'autre, plus exigeant encore, se nomme l'amour.

Tout le monde prêtait l'oreille à cette éloquence faite de conviction ; mais de tous ceux qui écoutaient le prêtre, nul ne l'admirait autant que mademoiselle de Louarn. Le marquis de Villegarde, au milieu d'un silence, lui dit en souriant :

— Mon pauvre ami, vous êtes payé pour savoir ce que vous dites, car les deux huissiers en question vous ont mis sur la paille.

— Après vous avoir exproprié, ajouta La Houssaye. Je peux en parler, puisque j'habite votre maison.

— Ne me plaignez pas, dit le prêtre gaiement. Ce soir, je bénéficie d'une parole du Divin socialiste : « Si tu donnes un festin, appelles-y les pauvres... » Mais voilà une conversation bien sérieuse pour un dîner de Saint-Hubert.

Chacun comprit que le saint homme voulait rentrer dans l'ombre, et Ferréol tourna l'entretien sur les incidents du jour.

Après le dîner, l'abbé Esminjeaud suivit les hommes dans l'exil volontaire des cigares.

— Je ne fume pas, dit-il, répondant à une observation goguenarde que lui faisait Thomassin ; mais j'ai ma coquetterie. Ma robe noire perd trop auprès des robes de ces dames.

— Vous voulez dire auprès de leurs corsages... Voilà encore une des cruautés de l'Église ! Elle vous oblige à fréquenter les femmes ; elle vous défend d'avoir une femme ! Ah ! monsieur, le célibat des prêtres, quelle question !

— Qui la pose, cette question ? Ceux qui ne connaissent rien de notre vie. Ceux-là ignorent la débordante joie, la surnaturelle volupté, qui nous inondent à chacun de nos jours, même sous les glaces de la vieillesse, quand le Dieu du véritable amour naît dans nos mains, que nous lui parlons !... Je vous assure que le reste nous paraît peu de chose.

— Peu de chose ! peu de chose ! grommela Thomassin ; il y a des chutes malgré tout.

— Vingt fois moins que dans le monde, fit l'abbé. Il est beaucoup moins difficile de garder la continence sacerdotale que la foi des époux l'un à l'autre.

— Eh ! sacrédié ! dit Montgodefroy, c'est en

nous mariant que vous devriez le dire. Mais quand nous sommes là, sur nos prie-Dieu, vous nous parlez de la foi conjugale comme les médecins parlent du soleil aux poitrinaires qu'ils envoient à Nice. On dirait qu'il ne pleut jamais après Toulon !

Le marquis de Villegarde, montrant Adrien et Fernand, cligna d'un œil et ajouta :

— Mon cher Honoré, faites attention à ces jeunes gens que le prie-Dieu réclame; il ne faut pas les décourager. Quant à vous, monsieur Thomassin, j'imagine que vous trouvez le monde trop mal arrangé pour vouloir empêcher qu'il finisse.

Le personnage interpellé regardait en l'air sans répondre. Au fond, ce grand seigneur l'exaspérait avec son persiflage mesuré et ses plaisanteries correctes. Montgodefroy, évidemment animé par sa thèse, continua malgré l'avis :

— Moi, je voudrais être curé cinq minutes : le temps de prononcer une homélie de mariage; on n'aurait pas le bénissoir des clichés ordinaires, je vous en réponds : « Mon fils, dirais-je à l'époux, vous êtes ce qu'on appelle un coureur. Je n'insiste pas, vu la sainteté du lieu. Vous, ma fille, vous êtes frivole, coquette, affamée d'hommages. Vous avez fait de votre mieux pour voir et entendre... Vous avez vu et entendu. Maintenant, pour des raisons que je n'ai pas à rechercher, vous, mon fils, et vous, ma fille, désirez que je vous unisse pour la vie. C'est un plaisir que je n'ai pas le droit de vous refuser, même si je le voulais. Mais je ne le veux pas, tout en aimant beaucoup mieux être à ma place qu'à la vôtre. Donc, mes enfants, vous allez jurer ce que vous savez — et même ce que vous ne savez pas. D'autres pourraient vous dire que la vertu est facile, avec l'aide de Dieu ; moi, je suis trop honnête pour vous le laisser croire. La fidélité conjugale est contraire à la nature ; elle est contraire aux mœurs du monde ; elle est contraire aux antécédents de l'un de vous, contraire aux exemples devinés par l'autre. Elle serait, dans la circonstance, un pur miracle. Mais, enfin, il y a des miracles ; nous allons, tous ensemble, prier le Seigneur qu'il daigne en faire un pour vous. Ce ne sera pas tout à fait le premier que j'aurai vu, depuis que je bénis des mariages... »

Gageons, l'abbé, que vous ne prêchez pas de sermons pareils. Mais, sérieusement, la question n'est-elle pas insoluble ?

— Je pense que si, répondit le prêtre : sauf, comme la grande question sociale, par la conscience et par l'amour, c'est-à-dire par le Christ. D'ailleurs, qu'est-ce que la fameuse guerre du Travail contre le Capital ? C'est un mauvais ménage qui se dispute, voilà tout.

A ces mots, il prit congé de son hôte et des convives masculins réunis au fumoir ; puis il sortit, escorté par La Houssaye, qui prétendait vouloir marcher un peu. Tant qu'on vit les lumières du château, les deux compagnons restèrent sans parler. Ce fut seulement sous les premiers arbres de la forêt que l'abbé Esminjeaud demanda :

— Pourquoi êtes-vous taciturne ce soir? Je n'aime pas la mine que vous avez. Qu'est-ce qui vous pèse : inquiétude, chagrin ou *blue-devils* tout simplement?

— C'est bien autre chose, dit Adrien. C'est la faim, c'est la soif, c'est la fièvre, c'est l'angoisse d'un jugement où ma vie est en question, c'est l'espoir d'un ciel que je ne peux mériter, c'est la terreur d'un enfer dont l'innocence ne saurait me défendre; c'est l'amour, en un mot... Enfin, j'ai pu parler!... Je comprends, à cette heure, le bienfait de la confession.

— Tant mieux! mon ami. Toutefois, je vous répondrai comme Frère Laurent à Roméo : « J'aimerais une confession avec moins d'énigmes. » Je vous connais trop d'ailleurs pour penser qu'il s'agit d'une Rosalinde quelconque.

— Non, mais d'une Juliette plus longue à se déclarer que celle de Shakespeare.

— Je la connais? demanda le prêtre avec une émotion joyeuse dans la voix.

— Tout à l'heure, vous diniez en face d'elle.

— *En face* d'elle? Mais alors... ce n'est pas... Mon Dieu! serait-ce mademoiselle de Louarn?

— Hélas! oui : j'ai cette audace, peut-être ce malheur!

L'obscurité empêcha de voir un pli d'amertume à la bouche de l'abbé. Comme il soupirait, Adrien demanda :

— Pourquoi semblez-vous me plaindre, vous aussi?

— *Moi aussi?* Vous disiez que je suis votre premier confesseur, pour cet amour.

— Un autre l'a deviné : Ferréol. Et, de même que vous, il soupire.

— Sans doute il est frappé lui-même de votre air malheureux.

— Ah ! mon cœur est chargé d'inquiétude. *Elle* a changé ; elle ignore mon existence. Depuis hier, ce n'est plus la même femme... A cause de quoi ? A cause de qui ?... Mais un prêtre n'est pas fait pour comprendre certaines angoisses — qu'il dédaigne !

— Détrompez-vous. La tempête, qu'elle bouleverse un cœur ou qu'elle agite les flots, n'est jamais un spectacle qu'on dédaigne. L'Océan et le cœur humain approchent de l'infini plus qu'aucune chose créée.

— Dieu doit être plus fier d'avoir fait une telle femme que d'avoir créé les mondes. Elle possède ce que j'ai rêvé toujours dans l'être féminin : la beauté, la race, toutes les qualités sublimes que confère la noblesse...

— Que vous importe la noblesse ? dit l'abbé en laissant voir une sorte de dépit. Vous n'êtes pas noble !

— Tant s'en faut. Mais je vois dans l'amour

9.

un prosternement. Il me semble que je ne pourrais aimer mon égale.

— C'est chevaleresque, mais dangereux. Que le Ciel vous assiste !... Et maintenant, quittons-nous. Votre habit noir et vos souliers vernis sont peu faits pour traverser les bois à pareille heure.

Pendant ce temps-là, dans un coin du salon de Villegarde, Fernand « jalonnait » habile-ment sa route vers le cœur et les millions de Louise. A vrai dire, mademoiselle Montgode-froy paraissait écouter avec distraction les phrases sentimentales de l'officier, voire même le bavardage *voulu* d'Antoinette. Au bout de quelques minutes, elle se leva, déclarant qu'elle était morte de fatigue, et prit congé de la réunion. Fernand murmura deux ou trois mots à l'oreille de sa sœur, qui se retira presque aussitôt.

— Les petites filles sont couchées, fit Marthe. Enfin, nous allons pouvoir dire des bêtises !

Mais si quelqu'un « dit des bêtises » durant cette veillée, ce ne fut pas, à coup sûr, Adrien La Houssaye, à qui le salon parut vide lorsqu'il y rentra.

X

Il ne faut pas toujours se fier aux petites
filles, — ni même aux grandes, — qui se
déclarent fatiguées. Antoinette, vêtue d'un peignoir commode, s'en vint frapper à la porte
voisine de la sienne.

— Entrez ! fit une voix remarquablement
douce.

Mademoiselle Montgodefroy, qui pensait
ouvrir à sa femme de chambre, se leva toute
surprise à la vue de « son amie » et dissimula
discrètement le rosaire qu'elle tenait à la main.
Antoinette y voyait clair.

— Vous êtes plus pieuse que moi, dit-
elle : j'ai honte de vous avoir dérangée. Mais
nous n'avons rien conclu pour nos projets

de demain. On ne chasse pas, comme vous savez.

— Non ; j'en profiterai pour faire une visite matinale au bon curé de la Morinière. Cela vous amuserait-il de venir ?

— Certainement. Vous l'aimez beaucoup ?

— Je n'ai pas de meilleur ami : et cependant nous n'avons guère l'occasion de nous rencontrer. De temps à autre, il vient revoir son ancienne maison qu'il a vendue...

— A monsieur La Houssaye. J'y ai déjeuné ; je connais l'histoire. Et, naturellement, l'abbé Esminjeaud ne vient pas au Mûrier sans aller à Saint-Urbain. Il est votre confesseur, peut-être ?

— Oh ! seulement pour les cas graves, dit Louise en souriant.

— L'heure des cas graves, c'est-à-dire des résolutions sérieuses, n'a pas encore sonné, fit Antoinette. Quel âge avez-vous ?... Dix-huit ans ?

— Je les aurai cet hiver.

Mademoiselle de Louarn prit un fauteuil et continua d'un air dégagé :

— Alors mon frère a gagné son pari.

L'autre jour, nous discutions votre âge... Car je vous préviens que je parle de vous très souvent avec lui.

— Pauvre sujet de conversation.

— Ce n'est pas l'avis de Fernand, ni le mien. Je dois même vous dire qu'il m'accuse de vous envier. Mais je ne vous envie pas. Vous avez le malheur d'être riche : en pareil cas, si nous entendons une parole d'amour, comment savoir si l'amour est sincère ?

— Je n'ai jamais entendu... cette parole, dit Louise gravement.

— Mais... à l'âge où vous êtes, vous risquez de l'entendre d'une minute à l'autre.

— Qu'en savez-vous ?

— Mettons que j'aie le don de seconde vue, fit Antoinette en riant. Je suis Bretonne, vous savez.

Louise tourna vers son interlocutrice un regard singulièrement profond. Puis elle dit, pesant chacune de ses paroles :

— Eh bien ! si vous êtes une *voyante*, et si vous devinez que... qu'un jeune homme va me dire qu'il m'aime, vous devez *voir* aussi qu'il perdra son temps.

Elle se tut ; puis, comme enhardie après une courte réflexion :

— Mais qui vous assure que je n'ai pas la seconde vue, moi aussi ? Je *vois* un autre jeune homme qui *vous* aime, et qui vous le dira bientôt, si ce n'est déjà fait... Vous ne m'en voulez pas de parler de ces choses : ce n'est pas moi qui ai commencé.

— Non, fit Antoinette, je ne vous en veux pas.

Elle se mit à son tour à dévisager Louise, qui rougissait, pâlissait, palpitait sous ce regard de vraie femme plus expérimentée aux orages de la vie. Après quelques secondes, elle se leva.

— *Je n'aime pas Adrien La Houssaye*, fit-elle d'une voix grave et distincte. Sur ce, tâchons de dormir. Je serai prête à vous accompagner demain.

Quand elle eut disparu, mademoiselle Montgodefroy poussa un grand soupir de soulagement, causé par ce qu'elle venait d'entendre. Puis, après une longue rêverie, — encore bien douloureuse malgré tout, — elle se recueillit de nouveau dans sa prière.

Le lendemain, vers dix heures, les jeunes filles et l'institutrice montèrent dans une de ces voitures à deux roues, sans siège, que les Anglais nomment *governess cart.* Louise prit les rênes et l'on partit pour La Morinière, tandis que Ferréol criait :

— Allons ! sur les quatre, il y en a du moins une de raisonnable : c'est la ponette.

Moutonne, comprenant qu'elle pouvait en prendre à son aise, allait sans se hâter, à la grande satisfaction de l'institutrice, qui sondait les taillis de tous ses yeux, dans l'espérance de voir bondir un cerf. Faute de cerf, la vue du moindre lapin lui faisait pousser un cri de joie, tandis que les deux jeunes filles, blasées comme il convient à des chasseresses de marque, parlaient de l'abbé Esminjeaud.

— Il y a dix ans, expliquait mademoiselle Montgodefroy, la Morinière était un hameau sans église, privation peu cruelle d'ailleurs pour les habitants, de vrais païens. Vous allez voir une charmante chapelle romane et un presbytère de bonne mine... extérieure, car il n'est pas meublé. Nous nous assiérons sur des

caisses vides. Presbytère, église, l'abbé a tout
bâti de sa poche. Et voilà pourquoi monsieur La
Houssaye habite le Mûrier.

— Charmante demeure, n'est-ce pas ? fit
Antoinette.

— Je n'en sais rien, soupira Louise. Le nouveau propriétaire m'a invitée plusieurs fois
avec maman, lors de son arrivée dans le pays.
Mais on me laissait précieusement à Saint-
Urbain. C'est si ennuyeux, les petites filles !
Au reste, maman n'est pas retournée depuis
des siècles chez notre voisin. Elle dit qu'on se
croit toujours à l'auberge dans la maison d'un
célibataire.

La ponette, à coup sûr, n'était pour rien
dans l'injuste bouderie de la belle Marthe.
Cependant elle reçut un coup de fouet, le premier depuis le départ, ce qui la fit trotter
plus sérieusement. Cinq minutes plus tard,
elle faisait halte d'elle-même devant le presbytère. Un petit homme gras, rouge, d'aspect
désagréable, surveillait le déchargement d'une
voiture de meubles.

— Quel sournois que cet abbé ! dit Louise.
Il achète un mobilier et il n'en dit rien.

Le petit homme parut prendre un plaisir extrême à cette réflexion. Le chapeau sur la tête, les mains dans ses poches, l'insolent sourire d'un goujat sur les lèvres, il demanda :

— Ces demoiselles désirent ?...

— Monsieur le curé... est-il chez lui ? balbutia la jeune fille, suffoquée d'indignation.

— Voyez à la sacristie, répondit le rustre. Là, vous aurez des renseignements.

Et, tandis que l'équipage tournait vers l'église, il échangea des plaisanteries avec les déménageurs.

Assis sur un escabeau, l'abbé lisait dans l'étroite bâtisse accolée aux murs du sanctuaire. Il se leva, tout épanoui, en voyant entrer les visiteuses.

— Quelle bonne surprise !

— C'est le jour des surprises. Que se passe-t-il donc chez vous ? questionna Louise.

— Chez moi ? Hélas ! je n'ai plus de *chez moi*. Mon presbytère est saisi, vendu par autorité de justice. Que voulez-vous ? Comme curé, je ne vaux pas grand'chose. Mais, pour les affaires... c'est honteux. Je bâtis, je bâtis..., je signe des billets... je signe tout ce qu'on

veut, pourvu que les maçons travaillent. Et,
un beau jour, on me met à la porte. Je ne
pourrai jamais garder une maison, à ce qu'il
semble. N'importe, ne me plaignez pas : je
suis pour l'instant, locataire du bon Dieu.

Il montrait en souriant un rideau grossier,
derrière lequel se devinait un matelas jeté sur
le sol.

— Mon Dieu ! fit Louise, les yeux mouillés,
vous n'avez donc rien dit à mon oncle?

— Je ne croyais pas que les choses mar-
cheraient si vite. Et puis, j'avais peur que
monsieur le marquis ne voulût faire des folies.
Je lui coûte déjà si cher ! Ce n'est rien, d'ailleurs. Mon église est payée, Dieu merci !

— Ah ! les misérables ! ils vous feront
partir.

— Ça, non ! Je n'ai rien à faire avec eux,
puisque la cure n'est pas encore érigée. Le
budget des Cultes m'ignore. Une seule personne pourrait me faire partir : mon évêque.

— Votre évêque, votre évêque... Et si vous
mourrez de faim ?

— Vous savez bien que je ne mourrai pas
de faim, répondit le prêtre en regardant

Louise d'un air d'intelligence. Je reçois des
aumônes pour mes pauvres, et j'ai l'indélica-
tesse de partager avec eux.

Antoinette, qui semblait confondue de surprise, n'avait pas encore parlé. Elle dit enfin :

— Quelle leçon pour les âmes à la recherche d'un idéal ! Voici un confesseur de la
foi.

— Quelle idée vous faites-vous donc du
sacerdoce ? répondit l'abbé, presque durement.
Je ne m'attendais qu'à des épines sur la
route ; je n'espérais pas les bonheurs que
je trouve dès cette vie. Samedi, j'ai quitté ma
maison. Elle était trop luxueuse : Dieu m'a
puni. Le lendemain, trois hommes venaient à
la messe, par protestation, peut-être, plus que
par conviction. Quoi qu'il en soit, je n'ai
jamais eu tant d'hommes dans mon église, en
même temps, depuis qu'elle est ouverte...
Mais il faut avoir été missionnaire pour comprendre cette joie.

— Non, dit mademoiselle de Louarn. Je la
comprends... et je me demande si ma vie en
connaîtra d'aussi grandes.

— Vous parliez des âmes qui cherchent

l'idéal, reprit l'abbé. En êtes-vous encore à ignorer le vôtre, vous, la fille de Pierre de Louarn, l'ardent chrétien ?

— Pour l'autre vie, j'espère en Dieu, fit Antoinette. Mais pour celle-ci !... Je suis une femme : je ne puis ni combattre de l'épée ou de la plume ainsi que mon père, ni évangéliser ainsi que vous.

Les yeux bleus de mademoiselle Montgodefroy « essuyaient la corniche », pour employer une locution maternelle. Le curé lui demanda, souriant comme s'il savait à quoi s'en tenir :

— Et vous, mon enfant, votre idéal est-il trouvé?

— Oh ! oui, répondit-elle avec une ardente conviction, ou plutôt *ils sont* trouvés ; car, n'étant pas une sainte, j'ai besoin d'un premier idéal pour ce bas monde... Mais ne visitons-nous pas l'église ?

On n'eut qu'à franchir la porte qui séparait la sacristie du chœur. Le retable de chêne encadrait une asssez bonne toile, don du marquis, représentant le martyre des *Quatre Couronnés* patrons des tailleurs de pierre, la grande industrie du

lieu. Tandis qu'Antoinette et l'institutrice écoutaient la légende, passablement obscure, il faut
l'avouer, Louise descendait la nef et s'approchait d'une statue de la Vierge qu'elle tenait
en grande dévotion. Ce n'était pas que la
Madone eût fait des miracles jusqu'ici, mais
Louise, ayant payé l'effigie de marbre, sup-
posait avoir un privilège à l'obtention des
grâces. Il faut croire qu'elle en désirait une tout
spécialement, car elle tira de sa poche un
ruban bleu auquel un médaillon d'or était
fixé. Certaine de n'être pas vue, elle monta
sur une chaise et passa l'*ex-voto*, prestement,
au cou de la Vierge. Puis elle se prosterna et
fit une prière, serrant les mains si fort que
ses doigts s'incrustaient l'un dans l'autre,
insistant sur les mots avec une sorte de
détresse qui lui mouillait les paupières : « On
n'a jamais, *jamais*, JAMAIS entendu dire qu'aucun de ceux qui ont eu recours à vous... aient
été abandonnés. »

« Bonne Vierge de la Morinière, je vous demande une chose bien difficile pour vos débuts ! »
pensait Louise en regagnant ses compagnes,
toujours pendues aux lèvres de l'abbé.

Comme la demie d'onze heures sonnait, l'institutrice déclara qu'il était temps de partir si l'on voulait être au château pour le déjeuner.

— Mais vous, pauvre monsieur le curé, dit Antoinette, où déjeunez-vous maintenant ?

— Soyez tranquille ; je n'ai qu'à choisir parmi les invitations, même chez des paroissiens très pauvres et peu suspects de cléricalisme. Le genre humain est meilleur qu'on ne pense, après tout.

Comme on voit, l'abbé Esminjeaud n'était pas de ceux que les difficultés aigrissent.

XI

On chassa de nouveau le lendemain. Cette
fois, on attaquait un cerf à sa première tête,
le marquis voulant juger du fond de son équipage, bêtes et hommes.

Ainsi qu'il fallait s'y attendre, ce fut une
rude journée. Sans se faire battre une seconde,
l'animal, comptant sur sa vitesse, avait détalé
comme un trait vers les grands bois. Mené
très vivement d'abord, il se jeta, désorienté,
dans les rues de Nemours, traversant la route,
le chemin de fer et le canal. Puis il y eut un
défaut dans les futaies de la Commanderie. A
ce moment, un petit nombre de cavaliers et
l'intrépide Antoinette continuaient seuls à
suivre la chasse. Madame Montgodefroy, Louise,

Adrien fidèle à sa consigne, Fernand devenu
très maussade, formaient une arrière-garde
renforcée par les voitures où l'on voyait, ce
jour-là, Thomassin et le banquier. Mais, après
Nemours, c'est-à-dire après trois lieues, ces
veneurs tranquilles abandonnèrent l'expédition
sur l'avis de La Houssaye.

— Le marquis voulait une vraie journée, dit
le jeune homme. On peut compter qu'il l'aura.
Nul ne peut savoir jusqu'où le mènera son
cerf. Quant à nous, ce serait une folie d'aller
plus loin, distancés comme nous sommes.

Villegarde, cependant, avait relevé le défaut.
Il était radieux et piquait avec l'entrain d'un
jeune homme. Cependant, quels que fussent le
train et les obstacles, toujours il entendait à
côté de lui ou derrière lui le galop d'*Elphin*,
dont l'amazone semblait défier les chutes, la
mort elle-même.

Dans les massifs de Franchart, la meute mit
bas. Il était deux heures; sept ou huit lieues
de retraite restaient à faire, et, cette fois, il ne
fallait pas compter sur les victuailles du four-
gon. Ferréol, voyant les chiens rassemblés ou
à peu près, laissa les piqueurs se débrouiller.

Pour lui, accompagné de mademoiselle de Louarn, il gagna une maison de garde où il savait pouvoir trouver une omelette et l'abri d'un toit.

Quand ils furent attablés sous les poutres rustiques de la meilleure chambre, le marquis dit à la belle amazone, qui n'avait plus, à cette heure, son masque impassible :

— Vous êtes prodigieuse de hardiesse et d'énergie. Mais vous vous tuerez, quelque jour, à vouloir me suivre.

— Et si je me tuais ?... demanda-t-elle, une flamme dans les yeux. Me regretteriez-vous ?

Pendant plusieurs secondes, Ferréol sembla lire dans ce regard qui ne se baissait pas. Le héros de tant d'aventures aux chasses de Compiègne ou aux bals de l'impératrice connaissait trop le langage des yeux féminins pour s'y tromper. D'une voix grave, paternelle pour mieux dire, il répondit :

— Ma chère enfant, si vous deviez mourir, ce serait dommage d'être regrettée seulement par un vieillard. Mais il ne tient qu'à vous d'éviter cet ennui et d'être pleurée par des yeux plus jeunes que les miens.

— Non! C'est dans *vos* yeux que je voudrais une larme, une toute petite larme, le jour où l'on vous dira que je suis morte.

Où étaient-ils alors ceux qui trouvaient qu'Antoinette avait une beauté froide?

— Allons! dit Villegarde, je vois que le galop d'*Elphin* a trop secoué cette jolie tête.

— Pourquoi ne pas dire simplement que je suis folle? Je ne crois pas l'être, pourtant.

— Vous n'êtes pas folle, mais je pense que vous êtes malheureuse. Le malheur a bien des noms: j'ignore comment s'appelle le vôtre. Permettez-vous que je questionne, comme si vous étiez Faust, et que je sois, ce que je ne suis pas, Méphistophélès?

— Questionnez donc!

— Ce n'est pas, à coup sûr, la jeunesse qui vous manque, ni la beauté. Mais une beauté comme la vôtre exige un cadre: desirez-vous que la fortune vous le donne?

— La pauvreté m'a fait souffrir moins que la solitude où s'est desséché mon cœur. Et bientôt je vais pleurer la jeunesse, comme le héros de Gœthe.

— Êtes-vous donc aveugle? Ne voyez-vous

pas qué l'amour et la richesse vous attendent ?
Que dis-je ! elles vous implorent. Un homme,
jeune celui-là, ne vit plus depuis qu'il vous a
rencontrée.

— Oh ! s'écria-t-elle en cachant son visage
dans ses mains, vous me prenez pour une fille
trop majeure qui cherche un mari !... Mon
Dieu !... j'espérais seulement une parole, une
de ces paroles qu'on garde — et vous me
donnez une adresse !... Partons !... Je veux
partir !... Je veux disparaître !... Quelle honte ...

Elle était debout, ne songeant plus à la col-
lation à peine commencée. D'une voix brève,
elle demanda son cheval. Très étonné, cachant
mal une idée grivoise dans ses yeux per-
çants, le forestier amena les deux montures.
Un instant après, les héros de cette singulière
idylle suivaient au trot, dans un silence orageux, la route qui conduit à Villegarde.

Quand on fut au château, la fierté d'Antoinette avait pris le dessus. Décidée au premier
instant à saisir un prétexte pour s'éloigner dès
le lendemain, elle comprit que ce départ
brusque ne saurait donner le change, ni à son
père, ni à son frère, ni aux Montgodefroy.

Elle résolut d'être plus forte que sa folie ; car Villegarde la jugeait bien : elle avait été folle. Au dîner, elle se montra riante, animée. Cette fois, elle s'entretint de ses espoirs littéraires avec Thomassin, écoutant ses paroles comme un oracle, affectant l'admiration pour les hardiesses de principes qu'il laissait voir. Elle ne causa guère qu'avec lui ; mais surtout elle ignora la présence d'Adrien. Le marquis était sombre, chose peu ordinaire ; Montgodefroy le plaisanta :

— Une retraite manquée ! C'est une catastrophe ! La Bourse va baisser demain !

— Certaines catastrophes ne font pas baisser la Bourse, répondit Ferréol sans sourire.

Dès le matin du jour suivant, un break emporta vers la gare une bande considérable de voyageurs. Montgodefroy et Pierre de Louarn allaient à Paris, l'un pour ses affaires, l'autre pour ses conférences. Louise et l'institutrice prenaient le même train, envoyées en ville par la belle Marthe pour des commissions, Antoinette reconduisait son père et son amie, ayant elle-même l'escorte d'Adrien et de Fernand. Pendant ce temps-là, Thomassin travaillait à la bibliothèque : du moins, on l'y avait laissé.

Il se trouva dans le train un jeune officier
de Fontainebleau, camarade du lieutenant de
Louarn.

— Viens déjeuner au mess, cria le passant.
Monte vite !

On fermait les portières; Fernand s'élança.

— Eh bien ! Et moi ? dit Antoinette. Que
vais-je devenir ?

— Mademoiselle, fit Adrien, je vous abandonne la voiture puisque vous n'avez plus de
chaperon; je rentrerai à pied.

— Quel enfantillage ! Montez ensemble, cria
Pierre de Louarn.

Et le train partit. Nul ne remarqua l'expression des yeux de Louise...

Enfin La Houssaye trouvait l'occasion d'un
entretien avec sa froide idole. Effrayé tout
d'abord de cette chance inattendue, il se raf-
fermit bientôt, comprenant qu'il fallait à tout
prix sonder le mystère d'angoisse qui pesait
sur le présent et sur l'avenir. Dans le trajet
du château à la gare, ainsi que la veille au
dîner, Antoinette l'avait traité en inconnu.
Pourquoi ce changement ? Était-elle occupée de
quelqu'un ? De Thomassin, alors ! Il était le

seul *homme* qui eût causé avec elle d'une
manière suivie en plusieurs semaines. — Adrien
était trop jeune pour voir un rival possible
dans un homme de cinquante-cinq ans.

Avec de bons chevaux, le trajet de la station
à Villegarde prenait vingt minutes. Il fallait
se hâter; par bonheur, le bruit des roues et
des grelots empêchait la voix d'arriver jusqu'au
postillon et au valet de pied assis très haut
sur leur siège. La Houssaye, dominant mal
son émotion, demanda :

— Vous souvenez-vous de notre dernier
tête-à-tête? Nous étions à Meaux; ce jour-là
je vous ai vue sourire. Maintenant, il me
paraît que je suis plongé dans la nuit du pôle,
car vous ne souriez plus. Dites, Majesté, que
faut-il faire pour que vous soyez heureuse?

Antoinette répondit :

— C'est vrai, je suis ingrate. Mais... pourquoi m'aimez-vous?

Il eut un cri de bonheur et, joignant les
mains :

— Ah! vous l'avez vu, reine cruelle mais
toute-puissante! Oui, c'est une folie, je le sais.
Pardonnez-moi! Que vous importe si le rêve

d'un esclave a pu franchir toutes les barrières, passer, invisible, à travers les rangs des gardes, effleurer dans son audace la couronne de votre beauté ?

— Il faut que vous rêviez en effet, dit-elle émue en dépit d'elle-même, pour me voir si différente de ma condition véritable. Regardez-moi bien : vous reconnaîtrez que je suis une femme comme toutes les autres. Vous en avez aimé sans doute qui me valaient dix fois.

— Non, je n'ai jamais aimé personne ; on pourrait croire que je vous *sentais* venir dans ma vie. Et maintenant que vous y êtes, vous y resterez... comme une torture, probablement. Car c'est inutile d'espérer, n'est-ce pas ?

— Je vous en supplie, ne me demandez rien !

— Tout vaut mieux que l'incertitude ; et puis, si c'est ma présence qui met cette flamme de colère dans vos yeux, il faut bien que je m'éloigne...

Antoinette se recueillit un instant. Elle regardait les cimes des grands chênes encore chargés de leur verdure qui, l'un après l'autre, se perdaient au milieu du brouillard de

novembre, étendu sur les bois comme un grand
suaire mouillé. Elle s'étonnait, elle s'irritait
presque d'entendre un homme lui parler
d'amour dans cette désolation de la nature et
d'elle-même. Un vague besoin de n'être pas
seule à souffrir la rendit cruelle et mit sur ses
lèvres cette réponse :

— Vous n'êtes pour rien dans mon amertume. La vérité, c'est que j'aime quelqu'un...
et sans espoir.

— Sans espoir, grand Dieu ! Il n'est donc
pas libre ? Ce n'est donc pas... ?

La Houssaye retint le nom qu'il avait sur
les lèvres : Thomassin. Antoinette de Louarn
pouvait-elle aimer « sans espoir » ce pédant
plein de lui-même ? Elle continua :

— L'homme que j'aime est libre ; cependant
il me juge indigne même d'une pensée. Et vous
dirai-je le conseil qu'il me donne ? « Épousez
mon ami La Houssaye ! »

— Mon ami ?... C'est Villegarde, alors ?...
Je comprends : il se sacrifie pour moi !

— Non, fit Antoinette avec un sourire impi-
toyable. Il ne sacrifie rien ; d'ailleurs, demandez lui la vérité : il vous la dira.

— Et si, vraiment, il ne vous aime pas, refuserez-vous encore d'être ma femme?

Sous les sourcils froncés de la jeune fille, le regard étincela comme un feu sombre. Elle dit :

— Ne me tentez pas en me proposant de sauver mon orgueil... Pour une femme telle que moi, l'offre est séduisante.

— Acceptez-la donc.

— J'aurais cette lâcheté peut-être ; mais je suis trop loyale pour vous prendre au mot. Songez donc : je ne peux pas, je ne veux pas oublier monsieur de Villegarde !

— Alors laissez-moi vous tenir compagnie dans la souffrance. Permettez-moi d'attendre un an, dix ans, toute ma vie, l'heure où vous aurez oublié... l'heure de l'amour !

— Prenez-y garde ; c'est un martyre sans fin, peut-être, que vous accepteriez.

— Ah ! ce *peut-être* que vous venez de dire est assez pour moi. C'est comme un rayon doré dans une aurore brumeuse. Le soleil luira — *peut-être* — avant la fin du jour.

— Quelle espèce d'homme êtes-vous donc? fit-elle étonnée. Moi... j'ai peur d'être un monstre.

— Non. Vous ne m'avez rien caché ; vous êtes loyale... et je sens que vous le serez toujours.

— Cela, oui. Je me tuerais plutôt que d'être infâme.

— Alors, j'ai votre foi, n'est-ce pas ?

Le jeune homme parlait comme un malade plongé dans le délire, sans gestes, sans inflexion de voix. Mais ses yeux, qui ne cessaient de dévorer Antoinette, suffisaient à montrer sa passion. Elle en fut effrayée et se calma soudain.

— Revenons à nous, dit-elle après un silence. Tous deux nous passons par une crise de folie. Peut-être que vous me maudiriez un jour si je profitais de l'exaltation où vous êtes maintenant. Écoutez-moi. Je vous impose un an d'attente. Au bout de cette épreuve, si vous m'offrez la bague des fiançailles, je vous jure de l'accepter. Une seule condition : aujourd'hui même, le marquis saura de votre bouche l'entretien que nous venons d'avoir.

Un geste d'Adrien laissa deviner sa souffrance. Mademoiselle de Louarn reprit :

— Que supposez-vous ? Que je compte sur

votre ambassade pour me gagner le cœur de votre ami? Non je ne suis pas une sotte. Je sais très bien que le marquis vous félicitera sans une arrière-pensée sur lui-même, sans un regret. Mais je veux qu'il sache tout... Ensuite vous oublierez, pour un an ou pour toujours, la minute présente. Et, aux yeux du monde entier, nous vivrons comme des amis ordinaires.

— Je vous obéirai, dit Adrien. Vous êtes une créature très noble. Ne voulez-vous pas me donner la main?

Il baisa son gant et, presque aussitôt, la voiture s'arrêta aux marches du perron de Villegarde. Tandis qu'Antoinette gagnait son appartement, La Houssaye demanda le marquis. On l'informa qu'il était au pavillon de la Vénerie.

Ferréol écoutait les rapports de ses gardes; mais surtout, il examinait les demandes d'indemnités qui pleuvaient chaque matin.

— Voilà, dit-il quand la séance fut terminée, ce qu'est la vie des seigneurs d'aujourd'hui. Au lieu de faire pendre leurs vassaux, comme dans les légendes, ils leur donnent de l'argent pour éviter les citations devant le juge de paix. Et l'on nous accuse de continuer l'oppression !... Comme je vous envie de n'être pas un grand propriétaire !

— Ne m'enviez pas, dit Adrien, avant que j'aie dit ce qui m'amène. Peut-on causer tranquillement dans ce cabinet ?

— Mieux que partout ailleurs. Mais qu'allez-vous me raconter ? Vous êtes livide.

— Je vais vous raconter une chose bien simple. J'arrive de la station. J'étais seul dans la voiture avec mademoiselle de Louarn : profitant du tête-à-tête, je lui ai demandé sa main.

— C'est un peu bien anglais, observa le marquis avec un tressaillement visible. Mais enfin cette jeune fille n'est pas... une personne ordinaire.

— Pas précisément, fit Adrien sans sourire. Ce qui est certain, c'est qu'elle m'accepte.

Villegarde ne dit pas une parole. Sur ses traits énergiques on pouvait lire la désapprobation, mais rien qui ressemblât au sacrifice... Vivement, Adrien continua :

— Même pour une seconde, ne la jugez pas sévèrement : je viens ici par ses ordres.

Et il raconta la scène qui venait d'avoir lieu.

— Certes, conclut Ferréol au bout d'un instant, la situation est rare. Mais notre amitié est de force à en sortir, d'autant plus que, grâce à Dieu, je n'aime pas mademoiselle de Louarn. Que vous dirai-je? Un ennemi des femmes crierait au cynisme. Pour moi, qui les aime et qui les défends, je ne veux voir qu'une excessive loyauté dans cette jeune personne. Maintenant, franchise pour franchise, n'est-ce pas? Si vous étiez mon fils, je tâcherais qu'au bout d'un an la bague reste chez le lapidaire. Non que cette étrange créature soit indigne de vous, mais... ce n'est pas elle que je vous choisirais pour femme. N'étant que votre ami, je dois rester neutre. Sur l'honneur, — dites-le-lui s'il vous plait, — je ne remuerai pas un doigt pour modifier vos sentiments. Que Dieu vous assiste! car, en vérité, vous en avez besoin.

— *Amen!* dit Adrien avec un soupir. Mais je ne lui dirai rien: c'est inutile. Vous voyez qu'elle vous connait, qu'elle a foi en votre délicatesse de gentilhomme. Vous l'estimez, n'est-ce pas?

— De tout mon cœur. Permettez-moi d'ajouter que je la plains. Hélas ! elle n'est pas seule à plaindre !

La Houssaye crut que ces dernières paroles s'appliquaient à lui. Relevant la tête, il répliqua :

— Ceci est de trop, marquis. J'avoue qu'un homme en ce monde a le droit de ne pas m'envier ; et cet homme, c'est vous. Si, cependant, vous avez le désir que notre amitié sorte entière de l'épreuve, ne me plaignez pas et dites que vous me félicitez.

— Eh bien ! alors, je vous félicite.

En parlant ainsi, Ferréol soupira, songeant au résultat qu'allaient avoir les invitations de sa « première série », données « pour faire plaisir » à sa petite nièce.

Au même instant la cloche du déjeuner se fit entendre, et il est permis de croire qu'aucun des deux interlocuteurs ne la maudit, vu le tour que prenait la conversation. Réduite à cinq personnes, la table fut d'abord silencieuse. Villegardé et Adrien semblaient fort préoccupés. La belle Marthe observait, sentant qu'il y avait du nouveau dans l'air. Antoinette,

excitée et nerveuse, paraissait éprouver le
besoin d'épancher au dehors son agitation.
Bientôt, avec un parti-pris visible, elle poussa
Thomassin vers les questions jusque-là soigneusement évitées sous le toit de Villegarde. Même,
on aurait pu croire qu'elle cherchait à heurter
de front les goûts, les instincts, les traditions
du marquis.

Celui-ci, trop sensé pour ne pas comprendre
et, en même temps, trop généreux pour ne
pas excuser, garda un silence qui endormit
la prudence de Thomassin. L'apôtre, inspiré
d'ailleurs par sa nouvelle catéchumène, aborda
son thème favori : l'iniquité sociale, et indiqua
les remèdes ou, plus justement, *ses* remèdes, avec
plus de franchise qu'il n'en avait jamais laissé
voir en présence de son hôte. Il devint éloquent,
de cette facile éloquence des gens qui déplorent
des maux trop vrais, sans qu'un contradicteur
les ramène aux conclusions pratiques. Loin de
contredire, Antoinette approuvait ou, du moins,
tolérait des idées que Pierre de Louarn lui-
même n'aurait pu admettre. Mais celui-ci
n'était pas là pour délimiter la frontière qui
sépare le socialisme chrétien de l'autre. Sa fille,

à l'exposé des plans, — fort peu chrétiens, — de la réforme à venir, applaudissait de la tête et murmurait :

— Voilà vraiment des théories fort curieuses !

La Houssaye, comme figé dans un rêve qui ne laissait plus d'activité qu'à ses yeux, faisait semblant de manger, cherchant, sans le trouver jamais, le regard d'Antoinette. Un peu irrité de cette abnégation d'esclave qui se désintéresse de tout, le marquis interpellant Adrien, lui demanda :

— Et vous, monsieur le taciturne, est-ce que vous trouvez cela curieux ?

— Moi ! fit l'amoureux en tressaillant, moi !... Mon Dieu, je trouve naturel qu'on me parle du bonheur des autres. Je regrette seulement qu'on ne s'occupe jamais du mien.

— Votre bonheur est assuré, dit Thomassin. Que vous manque-t-il ?

D'une voix qui semblait sortir de la poitrine d'un homme très las, Adrien répondit :

— Laissez-moi le déclarer une fois pour toutes : vos grandes phrases me font sourire. Pourquoi ne plaignez-vous qu'une seule moitié du genre humain, et toujours la même ? Cette

partialité me rend jaloux. Je vous assure qu'il
y a des êtres qui n'ont ni froid, ni faim, ni
soif, qui couchent dans un bon lit, qui ne travaillent même pas huit heures par jour, et
dont, cependant, la misère dépasse les épreuves
du plus misérable de vos ouvriers. Ne serait-il
pas temps de les comprendre dans vos plans
de bonheur universel? Et, si vous ne le faites
pas, pourquoi faut-il que je vous admire ?

Quand on fut rentré au salon, Thomassin
dit tout bas à madame Montgodefroy :

— Qu'est-ce qu'il a donc, ce beau ténébreux?
On dirait qu'il a été refusé.

— Peut-être que vous le rendez jaloux, répondit la belle Marthe. Son infante n'a d'oreilles
que pour vos paroles.

— Vous connaissez mon système, dit l'apôtre.
Ce sont les femmes comme *elle* et comme vous,
non les clubs d'affamés, qui renverseront la
vieille citadelle.

Une seule chasse eut encore lieu avant le
départ de la « première série ». Tandis qu'on
gagnait le rendez-vous, Antoinette dit très haut
à mademoiselle Montgodefroy :

— Ce matin, je vous tiendrai compagnie.

C'est notre dernier jour : il est temps que je me montre sous un aspect sociable.

De fait, on n'aurait pas reconnu l'amazone téméraire des journées précédentes. Elle resta, jusqu'à la mort du cerf, dans le peloton formé par madame Montgodefroy et par sa fille, par Fernand et par Adrien. Elle parla peu et sembla fort satisfaite quand on reprit, d'assez bonne heure, le chemin de Villegarde. Il y eut, le soir, dîner nombreux et curée aux flambeaux. Quand les trompes eurent sonné le *bonsoir* et que les torches furent éteintes, le marquis s'approcha d'Antoinette à qui, de la journée, il n'avait guère parlé. Tout en lui offrant son bras pour quitter le perron, il dit :

— Ce soir, j'aurais voulu vous offrir d'autres musiciens que mes piqueurs, d'autres acteurs que mes toutous. Je devine à votre visage que vous vous ennuyez dans ce désert... Mais un pauvre gentilhomme chasseur ne peut donner que ce qu'il a.

Elle répondit, ses grands yeux baissés vers les dalles :

— Tout au contraire, je n'oublierai jamais ce spectacle. Où trouver un drame plus achevé?

Une journée de chasse est bien l'image de certaines vies : on s'éveille, comme le pauvre cerf, ne demandant qu'à être heureux ; la fatalité, cette meute cruelle, vous rencontre ; elle vous poursuit ; elle vous atteint... et l'on disparaît, tandis qu'un homme va dormir en se disant : « La journée fut intéressante. » Et il recommencera demain... Demain à cette heure, je serai loin !

Avec Adrien elle n'eut aucune allusion à leur engagement hypothétique. Elle lui dit seulement, quelques minutes avant de monter en voiture :

— Vous caresserez *Elphin* pour moi, et vous tâcherez qu'il me pardonne.

— Que peut-il avoir à vous pardonner ? Tout au plus de l'avoir mené vite.

— Cela d'abord... et puis d'avoir été ingrate pour son maître.

— Ah ! fit le jeune homme en fermant les yeux pour cacher leur flamme, soyez ce qu'il vous plaira : je vous adore !

Ainsi les personnages de cette histoire furent de nouveau dispersés. Louarn et sa fille étaient à Paris, où des projets encore mystérieux rete-

naient le Socialiste chrétien. Fernand reprenait
son service à Meaux et ses entreprises matri-
moniales un peu partout. Thomassin revenait
aux dîners à prix fixe et aux cigares de la
Régie. Quant à Louise Montgodefroy, elle avait
regagné avec son institutrice les solitudes
grandioses de Saint-Urbain où, chaque soir, son
père venait la rejoindre.

On s'amusait enfin à Villegarde. Une nouvelle
série d'invités, sportsmen élégants et joyeux,
composaient autour de la belle Marthe une
cour où «l'on pouvait causer», les jeunes filles
étant parties. Et Dieu sait si l'on causait...,
mais plus de socialisme à cette heure !

Celui qui s'amusait le moins, c'était Adrien.
Les jours de chasse, il galopait comme un
fou derrière la meute et semblait chercher la
fatigue. Si l'équipage restait au chenil, on ne
voyait guère ce ténébreux jeune homme. Il
courait les bois à pied ou visitait l'abbé Esminjeaud campé avec son lit, sa table et ses deux
chaises dans une petite maison de paysans,
dont le loyer sortait de la bourse de Louise.
Fréquemment, Adrien passait la demi-journée
à Paris, ce qui compromettait sa réputation

d'homme sage et lui valait des taquineries un peu gauloises. Mais le marquis ne faisait pas chorus avec les mauvais plaisants. Depuis certaine explication, il ménageait Adrien. Celui-ci d'ailleurs, sans le vouloir, — et sans le savoir peut-être, — n'était plus tout à fait le même pour Ferréol.

Tant il est vrai qu'un cheveu, blond ou brun, pèse lourd dans la balance contre les chaînes les plus fortes de l'affection humaine!

XII

Cependant les amis bretons de Pierre de
Louarn s'étonnaient de son séjour prolongé
à Paris. Tout s'expliqua lorsqu'on fut informé
qu'il acceptait la direction d'un grand journal
fondé par « un groupe », d'ailleurs assez hété-
rogène quant au fond des idées. Il y avait là
des monarchistes ralliés pour le bon motif ou
pour l'autre, des cléricaux ahuris par certains
tiraillements et désireux, comme le malade
qui voit ses docteurs en discussion, de faire
leur médecine eux-mêmes. On trouvait dans ce
groupe des conservateurs battus, condamnés
au repos et qui sentaient des inquiétudes dans
les jambes; on y trouvait de ces ambitieux qui
prennent un billet à toutes les loteries, de ces

rêveurs qui enfilent tous les sentiers, de ces
dévots qui font brûler un cierge à tous les
oratoires. On y trouvait des saints affamés du
salut des âmes, des matérialistes préoccupés
du bien-être des corps, des sceptiques effrayés
de la vitesse du train et désireux de faire
machine en arrière. On y trouvait surtout
Pierre de Louarn, l'ancien vaincu de Castelfi-
dardo et de Loigny, trop brave pour craindre
un adversaire, trop loyal pour soupçonner une
trahison, toujours disposé à serrer la main qui
se tendait vers lui, sauf quand on y voyait
l'ordure des tripotages.

Le jour où la nouvelle de la fondation de
l'Amendement social fut apportée à Villegarde
par Adrien, qui semblait radieux, madame
Montgodefroy déclara d'un air profond :

— Pierre de Louarn est un des hommes qui
peuvent contribuer au salut de la société.

— C'est possible, déclara la petite madame
Lepin, qui était présente. Mais je doute qu'il
soit l'homme capable de conduire une fille
comme la sienne.

Ferréol se hâta de changer de conversation.

Lorsque, vers le milieu de décembre, les

Montgodefroy ouvrirent de nouveau leur hôtel,
Pierre de Louarn et sa fille achevaient leur
installation « provisoire » dans un appartement meublé de la rive gauche, dont la
vue aurait donné le spleen à un mineur du
Cornwall. Là, seule pendant des journées
entières, broyée dans l'engrenage toujours
actif de l'imagination, Antoinette se débattait
dans la crise qui allait décider de sa vie.

Une vertu lui manquait, dont l'absence
coûte cher à notre époque si digne de pitié :
la résignation. Elle ne s'était pas résignée, dix
ans plus tôt, à la mort de sa mère. Elle 'ne
s'était pas résignée à sa jeunesse privée de soleil,
à la gêne croissante, aux déboires paternels,
à ce qu'elle croyait être, chez les hommes,
l'indifférence pour sa beauté, beauté sans sourire qui forçait l'admiration plus qu'elle ne
faisait subir le charme. Peut-être elle s'était
résignée plus mal encore à ne pas sentir l'amour,
ce bonheur ou ce malheur que connaissent les
plus laides. Et lorsque, dans un moment d'exaltation plus ou moins factice, elle s'était crue
percée du trait divin, elle avait trouvé non pas
seulement un cœur, mais des paroles de glace.

Elle ne comprenait pas que Villegarde avait
outré la note, précisément par bonté d'âme et
par loyauté. Elle se répétait avec une grande
amertume :

« Croit-il que je lui demandais de m'épouser,
ou même de m'aimer ? J'étais folle, et il me
plaisait que mon héros, enfin trouvé, connût
ma folie, même pour m'en plaindre... Il n'a
fait que d'en sourire ! »

C'était, pour être juste, la seule folie qu'elle
eût commise depuis qu'elle était au monde. Et,
soit pour sauver son orgueil, soit pour échapper à la double misère de la souffrance et de la
solitude, elle s'était promise à un autre homme,
presque cyniquement. De là une suprême
douleur, la peine des âmes non résignées : elle
n'avait plus cette fière estime de soi qui soutient contre tout.

Pendant des semaines, elle s'était ainsi
rongée, ne voyant son père que le soir et,
presque toujours, avec des personnages qui
discutaient leurs plans, leurs théories, sans se
douter que l'attention de cette grande jeune
fille était pure politesse. Elle comprenait ces
questions, néanmoins ; elle s'y intéressait

encore; mais depuis qu'elle voyait plus de monde et qu'elle voyait plus *le monde*, sa foi dans le résultat chancelait un peu.

Son frère, plus jeune qu'elle d'un an, ne lui donnait aucun soutien. S'il n'était pas un résigné, lui non plus, du moins il avait renoncé depuis beau temps à comprendre sa sœur, cette énigme vivante. Au surplus, il critiquait les théories de son père et sa ligne de conduite; il blâmait son entreprise, lui reprochait bon nombre de ses amitiés, prédisait sa ruine totale. On voyait peu l'officier dans l'appartement de la rue de La Chaise, où il s'ennuyait à périr quand il n'était pas crispé jusqu'à l'énervement. Déjà, en plus d'une occasion, dans ses travaux d'approche autour des places fortifiées où se retranchent les grosses dots, il avait senti chez certains pères « bourgeois » une terreur plus ou moins cachée: le nom de Louarn sonnait à leurs oreilles comme un tocsin.

Antoinette avait mis Adrien à l'épreuve, conformément au pacte conclu. Elle avait exigé qu'il partît pour Cannes et y fît le mort; mais il n'était pas mort, à en juger par certaines caisses de fleurs, de confiseries et d'oranges qui, vraisemblablement, ne tombaient pas du ciel dans l'entresol ténébreux et fort peu royal qui abritait la pauvre « Majesté ».

Pendant ce temps-là, Pierre de Louarn, à défaut de succès plus pratiques, obtenait un joli succès de tapage. L'*Amendement*, qu'un journal anarchiste avait proposé d'appeler *l'Arlequin*, vu la bigarrure de sa rédaction, réalisait son but qui était « d'unir les énergies » ; mais l'union se faisait sur son dos, sous forme de coups. Il recevait des coups de tous les côtés et de toutes les armes. De gauche, la grêle tombait sur un prêtre, collaborateur en vedette, plus ambitieux que l'abbé Esminjeaud. Celui-là cherchait visiblement à démontrer qu'une soutane convient encore mieux que la fameuse blouse à un député de la classe ouvrière. D'autres horions, plus délicats, sinon moins menaçants, car ils venaient de la droite, meurtrissaient les épaules d'une rédactrice qui signait « Renée », épaules fort avenantes jadis, affirmait la légende. « Renée », devenue vieille, s'était faite sœur de Charité, ce qui ressemble beaucoup à se faire ermite. Seulement, elle

portait le drapeau rouge en guise de voile, et,
au lieu du crucifix, elle avait sur la poitrine
une médaille de reporter qui lui ouvrait bien
des portes, même des portes qui passent pour
ne point tourner facilement sur leurs gonds
sacrés.

Le rôle de cette femme intelligente, soit dans
l'Amendement, soit dans d'autres feuilles moins
catholiques, était de vibrer à toutes les douleurs et à toutes les catastrophes, ce qui n'allait pas sans une souscription ouverte au
bureau du journal. Comme, d'ailleurs, elle
avait la vibration sincère et les mains nettes,
elle ramassait de l'argent, quitte à le distribuer
de travers. Nombre de personnes, Antoinette
de Louarn par exemple, ne voyaient que son
bon cœur, oubliaient le reste et se prenaient
pour elle d'amitié, voire même d'enthousiasme.
Il était difficile, en effet, d'aimer à demi cette
toquée généreuse. Le Socialiste chrétien la
voyait avec plaisir chez lui, d'abord parce
qu'il l'admirait, ensuite parce qu'elle empêchait
Antoinette de mourir d'ennui.

Vers Noël, comme chaque année, les Montgodefroy revinrent au parc Monceau. Peu de

jours après, la belle Marthe entrait seule dans le petit salon de la rue de La Chaise, fleuri comme un reposoir.

— Ah! ah! dit-elle après avoir embrassé la jeune solitaire, je vois qu'on pense à vous sous les palmiers de Cannes.

— Que voulez-vous dire?... Ah! ces fleurs?... Il en pousse à Paris, madame.

— Bon! Croyez-vous qu'on ne sait pas distinguer une rose de Nice d'une rose de Montrouge? A quand les fiançailles?

— Vous plaisantez! Par grâce, laissez-moi la seule bonne chose qu'il y a dans ma vie: *la libertà... ch' è si cara!*

— Chère petite, quand on a vos yeux, on est la geôlière et non pas la prisonnière. Tout de même, si j'étais à votre place, je préférerais qu'on m'apportât les fleurs au lieu de les envoyer de si loin. Cannes est dangereuse. L'endroit est plein d'Américaines, moins belles que vous, mais plus *matter of fact* et qui seraient enchantées de... monter *Elphin*.

— Je vous assure, dit Antoinette, que je ne ferai jamais, jamais, un mariage d'argent.

— Eh bien! imitez le courtisan de Louis XIV,

à qui le roi disait : « Je vous donne ce plat de perdrix. » — Le plat était de bon argent et de bon poids. « Est-ce possible, Sire ? fit le malin. Et les perdrix aussi ? » — Emportez les perdrix par-dessus le marché, ma petite, c'est-à-dire l'amour : tâchez d'aimer La Houssaye. Il est juste assez bien tourné pour occuper quelque temps l'imagination d'une femme et... le plat n'est pas mince.

— Vous me croyez avide : c'est une erreur. Il me semble que ce doit être une fatigue que d'être riche ou, du moins, la femme d'un homme riche, quand on a le malheur de penser trop.

— Oui, si le mari s'appelle Montgodefroy ; non, s'il se nomme La Houssaye. Vous dites que vous pensez, et je le crois. Eh bien, ma chère, avec de la fortune, vous feriez plus d'ouvrage et plus de bruit dans le monde que vingt hommes d'État. Voyez la place que tient votre nouvelle amie « Renée », qui n'a que sa plume et son diable au corps. Elle entrerait au Corps législatif demain, sans nos chères lois. Vous, ma belle, vous auriez un de ces salons qui fabriquent les ministères, et ce sont les ministères qui fabriquent les lois.

— Vous me parlez comme si j'aimais la politique, dit Antoinette. La vérité, c'est qu'elle me dégoûte.

— Mon enfant, ce que vous appelez la politique doit mourir ; et c'est la main des femmes qui la noiera dans le torrent de la rénovation sociale. Le mot n'est pas de moi : il est de Thomassin. Au revoir ! Je vous enverrai mon coupé demain pour que vous veniez déjeuner à la maison.

De ce moment, la vie d'Antoinette fut changée à la grande satisfaction de son père, qui n'avait pas le temps de lui demander à quoi se passaient les heures, deux ou trois fois par semaine, chez la belle Marthe. Il pensait que sa fille y retrouvait « la petite Montgodefroy ». Mais la pauvre Louise, vrai pilier des cours à la mode, filait au dessert. Thomassin arrivait, parfois même « Renée » ; et mademoiselle de Louarn prenait des leçons d'une théologie tout autre que celle de saint Thomas.

Cependant la saison d'hiver de Cannes tirait à sa fin, et l'on revoyait nombre de gens qui avaient fui le boulevard à la première neige. Adrien fut l'un des premiers arrivants et se

montra souvent chez les Montgodefroy, sûr
qu'il était d'y trouver Antoinette. Le fâcheux,
c'est qu'il était obligé, pour goûter le poisson,
d'avaler la sauce de Thomassin et de « Renée ».
Mais sa passion, toujours brûlante, le faisait
passer sur tout. Il s'asseyait dans un coin et
regardait « sa reine », évitant, fidèle à sa
parole, tout ce qui ressemblait aux attentions
d'un prétendu. Au reste, il ne doutait pas de
la loyauté de mademoiselle de Louarn. Sa
souffrance était de voir les jours se traîner avec
lenteur ; mais il les comptait sans angoisse,
comme un condamné sûr que sa peine prendra
fin à la minute fixée par le juge. Antoinette le
traitait avec froideur, mais avec une froideur
nerveuse qu'il aimait au fond ; car l'indifférence
eût été pire.

On l'informa que Ferréol, toujours dans son
domaine de Villegarde, avait paru bouder Paris
durant tout l'hiver. Ce rival malgré lui, manifestement, cherchait à se faire oublier et prenait soin d'écarter jusqu'au moindre motif de
jalousie. A dire vrai, ce sacrifice n'était pas
grand pour le marquis : sa forêt lui paraissant
le séjour le plus enviable du monde. Et, si l'on

veut rendre justice à chacun, il faut ajouter
qu'Antoinette regrettait peu cet exil volontaire, qui lui épargnait des contacts embarras-
sants.

Une seule personne, bien qu'elle n'en dît
rien, souffrait de ne pas voir Ferréol, c'était
sa petite-nièce. N'ayant plus l'occasion de parler,
elle finit par écrire. Sa lettre vaut qu'on la
lise.

« Vous ne venez donc plus ? C'est cruel :
avec vous du moins, j'ai la ressource de me
plaindre un peu, chose fort inutile, je le sais ;
mais cela fait du bien tout de même. Les
autres se moquaient de moi, comme d'une
gamine qui a des idées hors de son âge ; il
semble que tout le monde ignore cet âge, même
ceux qui ont de bonnes raisons pour le savoir.
Mon institutrice me tient le bras dans les car-
refours par crainte des voitures, comme si
nous allions encore au catéchisme. Et je n'ai
pas une amie !

» Je pourrais en avoir une, je crois. Mademoiselle de Louarn me traite le mieux du
monde, et je tâche, en bonne chrétienne, de

l'aimer : ce qui arrive n'est pas sa faute. Mais, grand Dieu ! que c'est difficile de lui sourire et de lui donner la main ! Pourquoi est-elle venue avec sa beauté conquérante, à côté de laquelle on ne me regarde plus, à moins qu'on ne regarde ma dot ? *Lui* est à ses pieds ; il admire tout, même ce qui effrayerait un autre.

» Savez-vous, mon pauvre oncle, ce qui est dur ? C'est qu'elle ne l'aime pas ; et comme elle le lui montre ! Oh ! par exemple, on ne peut pas dire qu'elle joue la comédie ! Impossible d'être moins intrigante, et je l'estime, sans être obligée d'employer les grands moyens. Elle manifeste clairement son admiration pour le seigneur Thomassin, et *lui* ne semble pas en souffrir. Comment peut-on faire, mon Dieu !

» Je sais bien que cette admiration n'est que pour l'esprit et pour les idées. Trop grosses pour mon petit esprit généralement, les idées ! Mais cependant je comprends quelquefois. Seigneur ! si j'avais envie d'épouser une femme, si je voyais cette femme écouter ce qu'*elle* écoute, approuver ce qu'*elle* approuve, tolérer ce qu'*elle* tolère, je me demanderais si c'est une compagne prudente et orthodoxe à qui je vais donner ma vie !

» Et cependant il l'épousera : vous verrez qu'il l'épousera ; vous avez beau me dire que non, qu'il est trop raisonnable, et moi j'ai beau prier, prier et faire des vœux à la sainte Vierge... L'abbé Esminjeaud me le disait en novembre, quand je me suis confessée à lui : « Mon enfant, la sainte Vierge est la porte du » paradis, mais elle n'est pas l'antichambre de » la mairie : elle sait mieux que vous le mari » qu'il vous faut. » Ah ! bonne sainte Vierge, mettons que je me trompe !... Comme je vous remercierais si vous me laissiez me tromper suivant le désir de mon cœur !

» En somme, — vous vous en doutez peut-être — la petite Louison n'est pas la créature la plus heureuse du monde. J'ai du courage, malgré tout ; je lutte, je travaille. Quand je ne suis pas au cours, je reste beaucoup chez moi, et *personne*, vous le savez, ne tient à me faire quitter ma chambre. Je lis, mais tout ce que je lis tourne et devient amer. Croiriez-vous que j'ai pleuré ce matin en lisant... un voyage en Californie ? On racontait comment les premiers

mineurs, arrivés sur un bon terrain, plan-
taient un pieu avec leur nom : et le terrain ne
pouvait plus être fouillé par personne. Moi,
j'avais trouvé mon terrain, il y a longtemps,
un bon *claim* riche en or pur. Mais je n'ai
pu arborer mon nom sur ma découverte, et
une autre est installée victorieusement là où
j'espérais faire fortune : c'est-à-dire être heureuse ! »

Cette lettre émut Ferréol de pitié et décida
son retour. Aussi bien, il pouvait plus facilement s'arracher de Villegarde après la fin des
chasses. Les premières feuilles le virent paraître
de nouveau dans sa garçonnière de l'avenue
Hoche et, dès le lendemain, il y eut en son
honneur un dîner intime chez les Montgodefroy. Par une attention délicate, ses invités
de la première série de l'automne précédent
composaient la réunion.

Ils étaient là (sauf l'officier), toujours les
mêmes en apparence ; mais, au premier coup
d'œil, le marquis devina chez mademoiselle de
Louarn un changement profond.

Sans autre intérêt personnel que le dilettan-

tisme du cœur féminin, il avait été curieux de
voir l'accueil que lui ferait cette étrange fille.
Sous ce rapport, il n'eut pas lieu de se plaindre
que le spectacle était banal. Antoinette lui tendit
la main avec une aisance qui déroutait toute
prévision. Elle était toujours belle, mais d'une
beauté moins olympienne. Elle parlait plus
haut, avec de plus grands gestes ; elle était
plus fiévreuse, moins royale, si l'on peut s'ex-
primer ainsi. Mais surtout son indépendance
d'allures, de pensées, d'affirmations, dépassait
quelquefois la limite accordée, même par les
mœurs d'aujourd'hui, à une femme jeune et
non mariée.

Dire qu'elle éprouva une joie sans mélange
à revoir Ferréol serait peut-être aller loin.
Cet homme, habitué aux revirements les plus
étranges du cœur féminin, fut pourtant obligé
de convenir d'une chose : la blessure qu'il avait
faite — si involontairement — était guérie.
Pour lui rendre justice, Villegarde en fut heureux sans arrière-pensée d'amour-propre.

Il restait à savoir si le guérisseur était
Adrien : avant de se faire une opinion, le
marquis attendait l'arrivée du jeune homme.

Quand il parut, un défi sembla briller dans les regards d'Antoinette, et Villegarde en fut à la fois glacé et joyeux : glacé pour Adrien, joyeux pour Louise.

A table, on s'entretint beaucoup du dernier crime anarchiste, dont tout Paris frémissait encore. Thomassin parlait peu, trop intelligent pour ne pas voir où conduisait une pareille folie. La peur, chez Marthe, commençait à l'emporter sur les grandes théories sociales. Une seule personne, à la table de ces « bourgeois » plus ou moins assombris, témoignait autre chose que l'accablement : c'était mademoiselle de Louarn.

— Ce qu'il y a d'affreux dans cette catastrophe, disait-elle, c'est l'effroyable souffrance dont elle donne la mesure. Pour qu'un homme arrive à cette extrémité, il faut que sa misère morale ait dépassé tout ce que l'imagination peut concevoir. Il n'est pas beaucoup moins à plaindre qu'à blâmer.

Montgodefroy, de très mauvaise humeur, ne répondit rien et haussa les épaules, crime de lèse-galanterie dont Adrien seul parut choqué. Louise regarda son oncle comme pour lui dire :

« Vous entendez comme elle parle ! » Pierre de
Louarn, le héros de plusieurs batailles, fit cette
observation :

— Ce qui m'inquiète le plus dans la conjoncture, c'est la couardise du public.

— C'est vrai, dit Ferréol ; mais à quelque
chose malheur est bon : la crainte des bombes
sera le commencement de la sagesse pour ceux
d'entre nous qui veulent ressusciter La Fayette.
Cette fois, on nous donne la Terreur avant les
États généraux.

— Il ne faudrait pourtant pas considérer
l'acte d'un fou comme un régime politique,
remarqua Thomassin avec mélancolie.

— Ce qu'il y a de mieux dans l'affaire, dit
Montgodefroy, c'est que l'homme est pris. Si
les jurés font leur devoir...

— Leur devoir ! protesta Antoinette. Ce malheureux a une fillette de quatre ans !... Vous
souhaitez que douze hommes sans entrailles
fassent de cette petite une orpheline, une créature perdue... et vous êtes chrétien !...

Le marquis, sans le vouloir, chercha des
yeux La Houssaye, pour deviner ce qu'il allait
dire. Mais l'amoureux paraissait charmé à la

vue de cette compassion. Comme tout le monde gardait le silence, même Pierre de Louarn, Ferréol protesta :

— Je ne connais pas de doctrine plus dangereuse que celle de la pitié avant tout. C'est le dernier symptôme qui précède l'agonie d'une société mourante.

— Si nous causions d'autre chose ! dit Montgodefroy. Depuis ce matin, je n'entends parler que de bombes. Cela crispe les nerfs, au bout d'un certain temps.

— Cher monsieur, répliqua Thomassin, les partisans de l'action directe n'ont pas d'autre ambition que d'ébranler vos nerfs. Ils désirent vous convaincre qu'il y a quelque chose à faire.

— Oui, parbleu ! il y a quelque chose à faire, et je l'ai fait. Je suis allé à la Préfecture de police et j'ai demandé un agent. Vous ne l'avez pas vu qui se promène devant ma porte ?

— Vraiment ? s'écria la belle Marthe, dont les traits s'épanouirent. Vous avez fait cela, Honoré ?

— Me prend-on pour une bête ? Les bêtes

sont ceux qui ne voient pas que je pourrai me défendre, parce que j'ai de quoi payer. Oui, monsieur Thomassin, il faudra que les dynamitards aillent opérer chez vous. Là, rien ne les gêne.

Un rire général, bien qu'un peu forcé, répondit à cette plaisanterie et, jusqu'à la fin de la soirée, il ne fut plus question de bombes.

Ferréol partit avec Adrien, qui voulait causer avec lui.

— J'ignore ce que vous pensez de moi, commença le jeune homme. Du moins, je tiens à vous assurer que je suis heureux, heureux au fond du cœur de vous retrouver après cette longue absence. Ne sommes-nous pas amis comme autrefois?

Ils passaient dans le rayon d'une lampe électrique du parc Monceau. Ferréol s'arrêta et tendit la main à La Houssaye.

— Regardez-moi dans les yeux, fit-il. Voyez-vous autre chose que la vieille amitié?

— Non; mais plusieurs fois, tout à l'heure, j'ai senti en vous le blâme. Que me reprochez-vous?

— La question est délicate; néanmoins,

puisque nous sommes toujours amis, je vais y
répondre. Je vous reproche que, pour un futur
mari, vous vous taisez trop. Cette jeune fille
m'effraye par ses idées. On lui travaille l'esprit... Est-ce que vous n'avez pas peur de
l'avenir ?

— Je n'ai peur que d'une chose : de vivre
sans elle. Quand je l'aurai toute à moi, je lui
donnerai tant de bonheur, avec les moyens
d'en donner aux autres, que cette fièvre généreuse dont elle est prise tombera d'elle-même.

— Dieu vous entende ! mais je voudrais,
pour soigner cette fièvre, un autre docteur que
Thomassin. Le père Louarn est-il donc devenu
sourd, à force de vivre dans les nuages ? Vous-
même, encore une fois, vous vous taisez trop.

— J'ai pu voir, dit Adrien, que mademoiselle de Louarn redouble d'excitation quand je
discute avec elle. On croirait, à certains mo-
ments, qu'elle veut m'éprouver. Quant à moi,
que m'importent les idées politiques, les théories sociales ! Qu'est-ce que le monde, sinon
elle ? Tous les problèmes du genre humain se
réduisent à une question : Antoinette de
Louarn m'aimera-t-elle un jour ?

— Probablement, dit Ferréol ; car vous mettez à ses pieds l'holocauste que les femmes
préfèrent : le bon sens et la raison. Laissez-
moi vous dire que ce sacrifice redoutable
indique, chez celui qui l'offre, plus de passion
que d'amour vrai.

XIII

Tandis qu'Adrien rentrait chez lui, mademoiselle de Louarn commençait à se dévêtir
dans sa modeste chambre. Mais bientôt ses
mains restèrent immobiles : une pensée la
troublait. De cette soirée à peine finie elle
rapportait la crainte d'avoir estimé trop haut
jusqu'à cette heure sa propre nature.

Depuis deux jours elle attendait, avec une
angoisse qui n'était pas sans charme, l'instant
qui la mettrait de nouveau en face du marquis. Elle rêvait les tortures, l'intérêt d'une
lutte contre son cœur, le noble déchirement
des émotions dissimulées, l'orgueil sanglant de
la victoire : car elle comptait vaincre. Elle
n'oubliait pas sa promesse d'appartenir un

jour à Adrien s'il persistait à conquérir les lambeaux d'un cœur mutilé.

Elle avait donc éprouvé une sorte d'humiliation intérieure en se trouvant très calme, presque disposée à rire d'elle-même, à la vue de Villegarde. Son héros, dépouillé de sa cape, de son couteau de chasse et de sa trompe, retombé dans l'habit noir et dans les bottines vernies, s'était réduit aux proportions d'un homme comme un autre, encore que supérieur à la plupart des autres. Il avait toujours sa haute mine et sa belle tournure de quinquagénaire bien conservé; mais, malgré tout, l'âge avait apparu sous l'éclat des lumières.

Antoinette, au lieu d'achever sa toilette de nuit, se demandait :

« Que ferais-je maintenant si j'avais donné ma parole à ce monsieur à moustaches grises?... Pourrais-je l'épouser?... »

Son regard involontairement tourné vers une glace trouva l'image de sa beauté jeune et victorieuse, la ligne impeccable de ses épaules... Tandis qu'elle se contemplait, elle crut voir scintiller dans l'éloignement plus sombre l'éclair de deux yeux où la passion brûlait. Pour la première fois, elle sentit un frisson, — était-ce de la colère? — en comprenant ce que disaient ces yeux : « J'attends mon heure ! »

Alors elle oublia le marquis et ce fut à « l'heure d'Adrien » qu'elle songea. Est-ce que cette heure « d'oubli et d'amour », — c'étaient les paroles que l'audacieux avait dites, — pourrait sonner jamais? Déjà elle découvrait, avec un dégoût d'elle-même, que l'oubli vient vite quelquefois. Cet entretien avec Villegarde dans la maison du forestier n'était-il pas un rêve?... Sans doute, le marquis avait cru à l'explosion d'un de ces orages du cœur dont l'être qui connaît la vie ne saurait se moquer. C'est pour cela qu'il s'était montré si paternel, si généreux... Mensonge misérable! C'était une exaltation de pensionnaire mal élevée, rien de plus. Il n'en restait rien, rien que l'amère moquerie de soi-même. Les tortures, la lutte, le cœur déchiré, quelle comédie! Elle ne souffrait pas; son cœur était intact. Elle savait un gré infini à M. de Villegarde pour l'avoir traitée comme il convenait. Un gémissement vint à ses lèvres :

— Mon Dieu! quelle femme suis-je donc?

Son miroir lui répondit de nouveau qu'elle était une femme dans l'éclat de la beauté et de la jeunesse. Elle vit la pourpre de ses lèvres, le marbre pur de ses épaules... Et, soudain, elle éprouva l'immense besoin d'une ivresse où elle s'étendrait, anéantie, pour ne plus porter ses pensées trop lourdes. A ce moment elle crut apercevoir encore deux éclairs dans l'ombre, les yeux dévorants qui attendaient l'heure... Étouffant un cri, elle souffla ses bougies et acheva sa toilette dans l'obscurité.

Peu de jours après, le marquis se présenta chez les Louarn, par devoir de politesse. A vrai dire, il s'attendait à trouver la porte fermée, sachant que Pierre était rarement chez lui et ne supposant pas que sa fille dût recevoir quand elle était seule.

Mais elle n'était pas seule, et Ferréol, introduit dans un salon où l'on se voyait à peine, fut présenté quelque peu sommairement à une petite femme grisonnante et mal habillée, dont il n'entendit pas le nom. Il ne chercha guère à l'entendre, d'ailleurs, l'inconnue lui paraissant d'ordre secondaire, sans intérêt quelconque pour lui. Antoinette, après quelques

phrases de conversation ordinaire, demanda
tout à coup :

— Monsieur de Villegarde, pourriez-vous
deviner où j'étais hier, avec madame ici présente?... Non, vous ne trouveriez pas. Eh bien !
j'étais à la Morinière.

— A la Morinière ! s'écria Ferréol tout surpris. Pourquoi faire, mon Dieu ?

— Pour porter du pain à des malheureux qui
ne mangent plus. Vous savez que les carriers
et les tailleurs de pierre sont en grève. Nous
avons visité Souppes, Château-Landon, d'autres
villages encore où la misère est effroyable.
Quelle tournée ! Elle ne ressemblait guère, je
vous assure, à nos chasses du dernier automne.

— Voulez-vous dire, balbutia Villegarde
confondu, que vous êtes allée soutenir la grève ?
Et... votre père l'a trouvé bon ?

L'inconnue éleva sa voix métallique, usée
plutôt que brisée, où certaines cordes absentes
ne parlaient plus. Dans cette voix se devinait
une fatigue si extrême, qu'on devenait fatigué
rien qu'à l'entendre, énervé aussi quelque peu,
à cause du léger accent théâtral des into-
nations.

— Pierre de Louarn cherche à donner un Dieu aux ouvriers. Pourrait-il blâmer sa fille de leur donner du pain ?

— Je suppose, articula froidement Villegarde, que j'ai... le plaisir de me trouver en présence de madame « Renée », la journaliste conférencière ?

Elle répondit, glacée par cette correction où se devinait autre chose que la sympathie :

— Quand je prends la plume ou la parole, c'est toujours malgré moi et dans un seul but : soulager ceux qui souffrent.

— Les éclairer quelquefois serait aussi une bonne œuvre, dit Ferréol. Mais notre temps, qui met l'idéal du bonheur dans la jouissance, considère logiquement la souffrance comme le seul mal.

— Voulez-vous donc nous ramener à l'ascétisme du moyen âge, pour qui la douleur et la mort étaient des biens ?

— Non, madame ; soyez sans crainte. Mais je ne veux pas davantage qu'on voie, dans le criminel qui souffre, la souffrance d'abord, le crime en second lieu.

— Les grévistes ne sont pas des criminels.

— Vous n'avez pas que des grévistes comme clients. Pour parler de la grève, des grèves en général, ceux qui les commandent sont de simples égoïstes ; ceux qui les soutiennent sont de pauvres fous crédules, aveugles, peu soucieux de la faim qui tord les entrailles de leurs petits.

— La guerre ne va pas sans la famine. Est-ce que vous n'avez pas eu faim quelquefois, pendant que vous combattiez pour la France?

— Mon Dieu, si ! Mais vos carriers ne combattent pas pour la France. Toute grève est une victoire économique remportée par nos ennemis.

— Vous êtes homme et vous êtes aristocrate, fit « Renée » en se levant. Jamais vous ne pourrez vous entendre avec la femme du peuple qui tressaille en moi.

Antoinette n'avait pas dit une parole, savourant le plaisir qu'elle avait voulu se donner de déplaire au marquis. Seul avec mademoiselle de Louarn, celui-ci demanda :

— Vous ne craignez pas que les journaux racontent votre équipée ? Quel esclandre, s'ils en parlent !

Antoinette répondit :

— Nul ne sait le nom de la personne qui accompagnait « Renée », sauf l'abbé Esminjeaud, qui nous a vues. Mais il se taira. Et, d'ailleurs, quel mal ai-je fait ? Porter du pain aux affamés n'est pas chose défendue, même à la jeune fille la plus sévèrement élevée du Faubourg.

— Non, sans doute, mais « Renée »!... Je sais qu'elle a des cheveux gris et le cœur sur la main. N'importe, elle est compromettante.

— Mon père n'en juge pas ainsi.

— Ah ! votre père !... Si je le connaissais mieux !...

— Que feriez-vous ?

— Je lui dirais, mademoiselle, que sa fille impose de dures épreuves à l'attachement de... d'un de mes amis. Puis je le prierais de transmettre cette observation... à la personne intéressée : je parle de vous.

— La commission sera faite, répondit mademoiselle de Louarn sans sourire. Mais voilà : précisément, « la personne » n'est pas... intéressée. Il faut que votre ami la prenne comme elle est, comme elle sera, comme elle *veut* être — ou qu'il l'abandonne à son destin malheureux. Si, quelque jour, cette « personne » devient la femme d'un homme riche, beaucoup de l'argent du mari passera par les mains de « Renée », ou sera distribué par ses conseils.

— « Renée » vous gouverne, décidément. Je croyais qu'il était moins facile de gagner de l'influence sur la fille de monsieur votre père.

— D'où vous venait cette opinion ? Vous n'avez jamais essayé, — et maintenant il serait trop tard. Oui, j'admire la courageuse femme dont vous me blâmez d'être l'amie. Elle a trouvé un idéal : la compassion.

— La compassion *quand même* peut être une honorable maladie de l'âme : une sorte de fringale généreuse. Quant à moi, je lui préfère la charité, qui est un appétit sain et robuste. Le rêve de votre nouvelle amie, c'est une grande société protectrice des animaux humains, lors même qu'ils sont des animaux de proie. Vous aurez quelques désagréments avec votre idéal, du moins tel que vous l'entendez.

Un premier désagrément, facile à prévoir d'ailleurs, atteignit Antoinette le jour même. Son incognito pendant la tournée de la veille était moins bien gardé qu'elle ne pensait. Peu de temps après le départ du marquis, un autre visiteur sonnait à sa porte et insistait pour la voir, si bien qu'il fut admis, encore que mademoiselle de Louarn se trouvât seule. Adrien, car c'était lui, tenait un journal du soir et semblait fort animé. Sans rien dire, il mit dans les mains d'Antoinette le papier qui contenait le récit de la grève, récit qui n'était pas d'un enthousiaste. L'affaire, toutefois, n'était pas prise au sérieux, vu le petit nombre des adhérents et le caractère local de l'industrie. Et, par cette raison même, le rôle de « Renée » dans l'occasion apparaissait comme voisin du ridicule. On *blaguait* légèrement la souscription ouverte, l'apparition de « Notre-Dame-des-Grèves » à la Morinière. Mais aussi l'on parlait de sa compagne mystérieuse, « la fille d'un personnage bien connu pour ses travaux relatifs à la crise ouvrière ». Le trop galant journaliste ajoutait :

« Cette jeune citoyenne, qui est d'une beauté rare, n'a pas craint de soigner elle-même les plaies du compagnon Barillot, légèrement endommagé dans une bagarre. Si nous donnions le portrait de l'infirmière, ce serait à qui voudrait recevoir des coups, dans l'espoir d'un tel pansement. »

— Est-ce croyable ? dit La Houssaye. Vous êtes allée parmi ces hommes, toute seule avec... « Renée » !

Il semblait avoir peine à contenir sa colère, ce qui causa une révolte chez mademoiselle de Louarn. Cependant elle répondit sans élever la voix :

— Dans aucun salon, vos pareils ne m'ont témoigné plus de respect. J'étais là pour le bien des ouvriers... Ils souffrent tant !

— Et ce misérable qui écrit ces lignes, il vous respecte aussi, n'est-ce pas ?... Oh ! vous voir blâmée, critiquée, jugée comme une femme ordinaire, *vous !* Lire ces plaisanteries qui vous rabaissent au niveau commun ! Songer qu'Antoinette de Louarn, la reine, *ma* reine, à qui je voudrais ne parler qu'à genoux, songer qu'elle fournit à un reporter le sujet d'un article payé vingt-cinq francs ! Mais que font donc votre père et votre frère ?... Ah ! si je pouvais !...

— Si vous pouviez quoi ? dit Antoinette. Percer de part en part celui qui m'a découronnée à vos yeux ?

— Pour que vous le soigniez, lui aussi !...
Non ! ce qu'il faudrait pour mon bonheur ce
serait de pouvoir ne plus vous aimer. Car vous
vous riez de moi ; vous me bravez, je le vois
bien. Grand Dieu ! qu'est-ce qui m'attend...
plus tard ? Jusqu'où sera poussé votre défi —
et mon humiliation ?... Antoinette !... Promettez-moi d'avoir pitié, de ne plus commettre
de pareilles folies. Je vous aime tant... et je
suis si faible devant vous ! Mettez fin à ce
cauchemar, à cette épreuve qui me tue. Soyez
à moi demain, et menez l'existence qui doit
être celle d'une femme comme vous !

Il était trop ému lui-même pour voir l'agitation tumultueuse qui soulevait la poitrine
d'Antoinette. Si, à ce moment, il l'eût prise
dans ses bras, l'épreuve était finie peut-être.
Mais déjà elle avait eu le temps de se figurer le
sourire du marquis à la nouvelle du mariage.
Elle croyait l'entendre murmurer avec un
haussement d'épaules : « Six mois ! Elle n'a eu
besoin que de six mois pour guérir ce grand
amour ! »

En même temps les yeux d'Adrien lui donnaient ce même frisson qu'elle avait eu la

veille devant son miroir... Elle répondit en
s'efforçant de prendre une voix dure :

— Vous oubliez nos conventions. Jusqu'en
novembre, je m'appartiens. Seul, mon père a
le droit de me blâmer. Jugez-moi dans votre
conscience. Vous êtes libre de me condamner,
vous êtes libre d'en aimer une autre, et cela
vaudrait mieux : nous n'envisageons pas la vie
sous le même jour.

— Comme ces gens vous ont fait du mal !
s'écria le jeune homme en serrant les poings :
Thomassin, la Montgodefroy et cette folle qui
vous traîne avec elle dans l'émeute ! Je dirai à
votre père...

Antoinette interrompit cette phrase en posant
le doigt sur l'épaule d'Adrien, et, les sourcils
froncés :

— Ne dites rien à mon père, ni à mon frère,
ni à personne, ou vous me perdrez à jamais. Si
je vous révolte, abandonnez-moi ; partez ; ne
revenez plus !

Ils se quittèrent à ces mots qui font régulièrement revenir l'amoureux, vaincu et docile :
toutes les femmes le savent bien.

XIV

Le lendemain, de bonne heure, Villegarde sonnait à la porte du pied-à-terre de La Houssaye, qui venait de renvoyer son cheval, n'étant pas disposé à monter ce jour-là.

— Je comptais laisser deux lignes chez vous, dit Ferréol. Je ne pensais pas que vous bouderiez le Bois par ce temps admirable.

— Mais vous boudez aussi, répliqua le jeune homme en riant.

— C'est que je pars tantôt pour mon habitation. Je n'ai pas de carrières, Dieu merci! mais j'ai des bois. Or la grève est la mère du braconnage : mon garde-chef m'écrit que les procès-verbaux s'accumulent, ce qui augmente l'agitation de mes agréables voisins. Donc, je

13.

vais faire un tour là-bas, et je venais vous le
dire... Mais, au fait, que diriez-vous d'une
fugue de deux ou trois jours sous les ombrages
naissants?

— Bonne idée! fit Adrien. S'il faut en découdre,
comptez sur moi : cela me détendrait les nerfs.

En même temps, il jetait un regard signi-
ficatif sur sa panoplie. Ferréol répondit d'un
air grave :

— Justement, il faut tâcher de ne pas en
découdre. Vous êtes bien féroce, aujourd'hui !

— Mettons que je sois féroce. Mordieu! les
grévistes n'ont qu'à venir de mon côté, s'ils
veulent donner de l'ouvrage pour de bon
aux infirmières !

— Ah! je devine que vous avez lu cet
article... N'attachez pas trop d'mportance à...
un caprice de jolie femme. C'est un droit qu'il
faut leur passer.

— Vous voulez dire que j'en verrai bien
d'autres? Possible! En attendant, je pars avec
vous, d'autant mieux que l'abbé Esminjeaud
pourra me faire du bien.

— Soit, conclut Ferréol : nous l'aurons à
dîner demain soir.

Ce fut Adrien lui-même qui, le lendemain, porta l'invitation au curé de la Morinière. Il fit la course à pied, voulant revenir avec le saint prêtre, qui ne montait pas volontiers en voiture.

Adrien ne reconnut pas le village, où, d'ordinaire, on ne voyait que des femmes, la population masculine étant aux carrières. Ce jour-là, des hommes vêtus de leurs habits de travail, les uns couverts de la boue argileuse des tranchées, les autres poudrés à blanc par la poussière du taillage, formaient des groupes où commençait à régner le silence d'une inquiétude morne. A la vue d'un *monsieur*, type inconnu dans ce coin séparé du monde, les yeux s'animèrent. C'était un journaliste parisien, peut-être, ou même, — qui sait ? quelqu'un de la Chambre. La grève, suscitée par des meneurs du crû, n'avait guère attiré l'attention jusqu'alors, malgré les promesses des organisateurs. On allait avoir une réunion, sans doute. La réunion ! formule grosse d'espoirs toujours trompés, pour les ouvriers mécontents de leur sort. Mais un compagnon, qui connaissait Adrien, dit tout haut .

— Compte dessus ! C'est l'ami à Ferréol et au Tondu.

En un clin d'œil, les physionomies redevinrent farouches ; on entendit quelques grognements, si bien que La Houssaye put croire qu'il était encore dans son usine du Couëron, aux jours d'émeute. Mais ce qu'il avait sous les yeux n'était qu'une giboulée en comparaison avec les orages d'antan. Malgré tout, la pensée que mademoiselle de Louarn avait parlé à ces hommes, tout au moins qu'elle avait accompagné celle qui leur parlait, fut pour lui d'une amertume insupportable. Et ce nom d'*infirmière* de la grève donné par un journal !...

A cette heure, Antoinette n'était pas là pour se défendre, avec l'irrésistible argument de sa beauté.

Dans la petite église, déjà très sombre, l'abbé Esminjeaud faisait l'office de sacristain, par économie : les appointements de la charge vacante allaient aux pauvres. Il venait d'apprêter la veilleuse du sanctuaire et d'allumer la lampe qui, chaque nuit, brûlait aux pieds de la Vierge, aux frais de la bourse de Louise.

Tout à coup une forme masculine se devina dans la pénombre. C'était Adrien.

— Quelle surprise! lui dit tout bas le curé. J'espère qu'il ne se passe rien de fâcheux à Villegarde.

— Non; mais il est bon de se tenir à portée. Nous sommes là depuis hier, le marquis et moi. Je viens vous dire que votre couvert vous attend au château. Partons-nous?

— Certainement. Laissez-moi sonner l'*Angelus* et je vous accompagne.

Ils gagnèrent le porche où, par une ouverture de la voûte, pendait une corde polie au frottement des mains.

L'abbé tinta trois coups, puis, tout haut, récita le madrigal angélique, dont une seule femme, depuis le commencement du monde, a été saluée. Il s'arrêta au milieu, par habitude, et La Houssaye répondit comme il faisait, tant d'années plus tôt, sur les genoux de sa mère. Trois fois le bronze parla dans le clocher; trois fois la prière d'un saint, mêlée à celle d'un cœur malheureux, troubla les échos rarement éveillés de la petite église.

— Je n'ai pas perdu ma journée, dit le

prêtre. J'ai mis sur vos lèvres un nom qui porte bonheur. Dites : n'est-ce pas bon de prier ?

Il paraissait ému de joie comme si, en effet, il venait d'accomplir une œuvre importante. Adrien répondit :

— Je me sens plus jeune et très calme — et j'ai envie d'ajouter, ainsi que je faisais vingt-cinq ans plus tôt, la prière finie : « Bonsoir, maman ! » Dieu ! si je pouvais revenir à cette époque de ma vie où quelqu'un m'aimait !...

Il soupira bruyamment ; on devinait qu'il avait le cœur gêné d'un poids très lourd. Puis, tout à coup, avec un geste montrant le besoin d'échapper à certaines pensées :

— Allons vite... il est tard !

L'abbé Esminjeaud le considérait avec une attention particulière, curieux de savoir si quelque travail inconnu s'accomplissait dans cette âme. Il ne répondit pas à La Houssaye, tant il était absorbé ; et les deux hommes se mirent en chemin, croisant des groupes qui leur envoyaient des interpellations plus ou moins courtoises. Au bout de quelques minutes

de marche, ils entrèrent dans la forêt. Les
grands chênes étaient encore noirs, montrant
à peine leurs bourgeons; mais, dans l'horizon
des clairières, on apercevait des champs entiers
de renoncules dorées par le soleil couchant.

Dès la frontière de ce royaume du silence
et du repos, on sentait une atmosphère si
nouvelle, des impressions si différentes, qu'on
n'aurait pas été surpris d'entendre les passants
converser dans une langue étrangère. Mais il
n'y avait aucun passant : la seule voix qui
troublât cette solitude était la plainte des
coucous, se renvoyant l'un à l'autre leur tierce
mineure, toujours la même, concert magis-
tralement approprié à l'heure et au lieu.

Comme on arrivait au premier tournant de
la route, l'abbé interpella son compagnon :

— Vous ne prenez pas le sentier?... c'est
plus court.

— Oui, mais il est impossible de marcher
deux de front, et... j'ai quelque chose à vous
dire.

Le jeune homme sembla préparer sa phrase;
puis il posa cette question :

— Vous avez vu mademoiselle de Louarn?...

Quelle équipée, en quelle compagnie !... Qu'a-
t-elle fait ? Qu'a-t-elle dit ? Que pensez-vous
d'elle ?

— Oh ! fit le prêtre, je suis un mauvais juge
dans la matière. L'équipée, comme vous dites,
peut choquer un homme du monde. Aux yeux
d'un pauvre disciple de Jésus, qui devrait
avoir pour toute sagesse la folie de la croix,
ce zèle dans la charité, même intempestif,
n'est pas un crime sans rémission. Mademoiselle de Louarn, autant que j'ai pu le savoir,
ne disait rien et regardait beaucoup. Sa compagne, en revanche, parlait trop et débitait
des phrases peu comprises. Mais les ouvriers,
ces grands enfants, aiment qu'on s'occupe
d'eux, qu'on les plaigne, qu'on souffle sur leur
front brûlant, qu'on leur dise : « Le mal va se
guérir. » Les femmes sont merveilleusement
faites pour ce rôle et Thomassin est presque
un grand homme pour l'avoir compris.

— Mais cette blessure, ce gréviste qu'elle a
soigné ?... La voilà devenue justiciable des
journaux : les uns l'applaudissent, les autres
se moquent d'elle. Son nom, heureusement,
n'est pas imprimé.

— Et s'il l'était? fit l'abbé en regardant son interlocuteur. Comme la convention tient de la place dans les jugements humains!... D'ailleurs, l'épisode est transfiguré; cela vaut mieux pour l'héroïne dont le rôle fut un peu... naïf. Son blessé n'est pas plus gréviste que vous et moi, par la raison qu'il n'a jamais tenu un outil. Les gardes connaissent depuis longtemps Barillot, le pire de mes paroissiens, gibier de prison, maraudeur, braconnier et capable de bien des choses. Le plus amusant, c'est qu'il a été blessé par la femme d'un gréviste dont il volait les poules, croyant que tout le monde était allé au *métingue*... J'ai vu la scène par hasard. La commère a la main lourde et la trique était dure, si bien que Barillot rentrait chez lui au pas de course, le front saignant, quand il rencontra cette bonne « Renée » et... vous savez qui. Les femmes se trompent souvent quand elles obéissent à leur bon cœur.

— Vous n'avez pas détrompé mademoiselle de Louarn?

— A quoi bon? Elle était si heureuse d'orner cet amateur de poules d'un bandeau, —

qu'il a conservé d'ailleurs comme une marque
de bravoure : je le voyais il n'y a qu'un instant. Le rôle de Barillot s'est dessiné : il est
« le blessé de la grève » (nous en manquions)
depuis que les journaux l'ont sacré sous ce
titre. En somme, tout le monde est content :
une femme charitable a utilisé quelque peu
de sa toile et de sa charpie ; lui en ferez-vous
un crime ? Elle n'a rien dit, se bornant à
donner des pièces de quarante sous, tandis que
« Renée », — une bonne *harangère*, comme
disaient nos hommes sans mauvaise intention,
— haranguait les foules. Je ne réponds pas
que les pièces blanches, de même que le bandage, soient toutes tombées à propos. Mais le
bon Dieu ne nous demande que la bonne
volonté.

La Houssaye ne répondit rien. L'abbé Esminjeaud, dans sa simplicité d'apôtre, défendait
Antoinette comme certains avocats sans expé-
rience défendent leur prévenu : de façon à
crisper les nerfs du juge. Un amoureux passionné souffre moins, peut-être, à voir son
idole frôler le crime qu'à la voir... friser le
ridicule.. Oh ! qu'il connaissait peu le cœur

humain, le saint homme de curé! A moins
que... Mais comment croire qu'il était mala-
droit volontairement, lui qui ne connaissait
plus d'autre amour que l'amour des âmes?

Après un silence, Adrien demanda, comme
s'il était touché par l'ombre d'un doute :

— Est-ce que vous êtes mon ami?

— Vous êtes une des trois personnes que
j'aime le mieux ici-bas, répondit l'abbé.

Et, montrant les toits de Villegarde qui
commençaient à paraître dans le lointain :

— Voici la demeure du plus cher de mes
trois amis. N'est-ce pas aussi le vôtre?

— Certes! Mais qui tient la seconde place
dans votre amitié?

— Mademoiselle Montgodefroy,

— Ah!... c'est une enfant.

— Plût au ciel qu'il y eut en ce monde
beaucoup d'enfants de son espèce. Nul ne sait
le bien qu'elle accomplit, qu'elle me donne le
moyen d'accomplir : vous ne vous êtes jamais
demandé pourquoi elle a toujours des robes de
femme de chambre, comme dit son père.
Sans elle, sans son oncle et sans vous, mon
troisième ami, les pauvres paroissiens de la

Morinière n'auraient plus de curé depuis longtemps : il serait mort de faim ! Aussi, comme
je prie pour que vous soyez heureux tous trois !

— Le marquis est heureux ; sa nièce est
heureuse ; deux de vos prières sur trois sont
exaucées : ne vous plaignez pas de la proportion !

— Hélas ! Tout me donne lieu de croire
que la proportion n'est pas si forte...

Les deux compagnons marchèrent une cen-
taine de pas en silence ; puis Adrien posa une
question qui n'était pas nouvelle dans sa
bouche :

— Que pensez-vous de mademoiselle de
Louarn ?

— Permettez que je tourne sept fois ma
langue, répliqua l'abbé en souriant ; car voici
ce que vous désirez savoir : cette jeune fille
est-elle, entre toutes, bonne, sérieuse, fidèle,
dévouée ? A-t-elle un cœur chaud et, toutefois,
le jugement infaillible ; une imagination de
poète, avec la froide maturité d'un philosophe ?
Est-elle digne en un mot, non seulement de
voir Dieu un jour, mais encore d'être la
femme d'Adrien La Houssaye, couronne ter-

restre plus difficile à mériter que l'autre ?...
Et si je vous disais, homme orgueilleux comme
tous les hommes, que cette créature est une
perfection et que, dès lors, vous n'en êtes pas
digne, que répondriez-vous?

— Telle qu'elle est, je ne m'en crois pas
digne, fit Adrien qui, en vérité, n'avait pas
le défaut de l'orgueil. Mais pensez-vous qu'elle
m'emportera, chimère indomptée, vers les
abîmes où l'on trouve la mort?

— L'onction du sacerdoce, répondit l'abbé,
n'est pas le don de prophétie. Mademoiselle de
Louarn a pu se tromper; elle pourra se tromper
encore. Ne la condamnons pas trop vite : elle
n'a plus de mère ! Et, malheureusement, Pierre
de Louarn est un astrologue dangereux. Je ne
veux pas dire qu'il tombera dans le puits. Mais
il oublie trop qu'il a une fille — qui cherche
son astre elle aussi. Rendons-lui cette justice
qu'elle le cherche très haut. Seulement, gare
aux télescopes qui troublent la vue ! Les yeux
de la foi, mon ami, voilà, mieux que tous les
instruments, ce qui peut guider hors des
abîmes les individus et les peuples.

Ferréol de Villegardo venait au-devant de

ses hôtes; il fallut changer de conversation. Pendant le dîner, on reçut les journaux du matin qui contenaient une nouvelle : dans la nuit, l'anarchiste qui avait lancé une des dernières bombes avait été condamné à mort. Comme Adrien manifestait une joie presque sauvage, l'abbé lui dit :

— Si vous aimez le sang, vous qui êtes un sage et un favorisé de la vie, qu'attendrons-nous *des autres?*

Adrien fit un mouvement d'épaules qui en disait long sur son bonheur, peut-être même sur sa sagesse; puis il répondit :

— Faut-il attendre quelque chose de qui que ce soit, de quoi que ce soit, en ce bas monde?

— *Cœpit contristari !* soupira l'abbé Esminjeaud. Le Jardin des Oliviers est un pèlerinage que nous faisons tous, à notre heure. Puissiez-vous bientôt ressusciter à la joie !

— Si la grève continue, dit Ferréol, nous verrons des batailles entre la population du village et mes hommes. Quelques centaines de gaillards affamés, ou simplement désœuvrés, sont des voisins peu désirables. Moi aussi je me sens découragé ! S'il ne s'agissait pas d'une terre qui porte mon nom, je crois que je ferais comme vous avez fait, Adrien : je m'en irais.

Dans les dispositions d'esprit de chacun, le dîner et les instants qui suivirent ne pouvaient manquer d'être mélancoliques. Après une veillée plus courte qu'à l'ordinaire, le curé se leva et prit congé. Tout à coup, comme il mettait la main dans sa poche, on put voir qu'il devenait pâle :

— Mon Dieu ! s'écria-t-il. J'ai oublié de fermer l'église ! Et tous ces hommes qui encombraient la place !...

— Bon ! dirait-on pas que vous avez le trésor de Notre-Dame? fit le marquis en riant. Que diable voulez-vous qu'on prenne dans votre cathédrale? Un ciboire de deux louis?

— Vous oubliez ce que contient ce ciboire ! gémit le pauvre abbé qui tremblait de tous ses membres. Je cours là-bas !... Dieu fasse que nul n'ait profité de mon étourderie !

— Je vous accompagne, fit Adrien; car c'est moi qui suis cause de la distraction. Il ne sera pas dit que je vous abandonne à vous-même dans votre inquiétude.

Cinq minutes après, tous deux couraient

plus qu'ils ne marchaient dans la direction de la Morinière. Comme ils approchaient de la sortie des bois, deux gardes mis en éveil par cette allure désordonnée sortirent d'une embuscade et leur barrèrent le chemin.

— On est bien pressé, les enfants? demanda l'un des hommes.

L'autre poussa du coude son camarade, en même temps qu'il se découvrait :

— Monsieur le Curé... et monsieur La Houssaye!... Il y a donc du nouveau à la Morinière?

— Il faut espérer que non, répondit Adrien. L'église est restée ouverte par oubli, et monsieur le Curé n'est pas tranquille.

— Oh! il n'y a pas de danger dit le garde pour qui la question perdait son intérêt, du moment qu'il ne s'agissait plus d'un délit de chasse.

La demie après dix heures sonnait au moment où l'abbé et son compagnon parvinrent à l'église, qui occupe l'extrémité du village, dans la partie la plus rapprochée des bois. Longeant l'édifice vaguement éclairé, ils parvinrent jusqu'au porche précédé d'une place

déserte à cette heure. On entendait seulement,
au milieu de la nuit calme et très sombre, le
chant favori des tailleurs de pierre vociféré
par une bande obligée sans doute à hurler
dehors, faute de crédit à la guinguette :

> En entrant dans Lyon,
> J'admire ces beaux ponts
> Faits par nos compagnons...

La mélodie, mineure, évidemment ancienne,
avait, grâce à l'éloignement, une sorte de
douceur étrange. Adrien La Houssaye, quelquefois, la fredonne encore, tant certains
détails s'impriment dans la mémoire aux
heures décisives de la vie. Cependant l'abbé
Esminjeaud, sans bruit, palpait la porte. Il dit
tout bas :

— Dieu soit béni ! quelqu'un a fermé l'église
et pris les clefs : mais où sont-elles ?

Adrien, à son tour, s'était approché et
regardait par le trou de la serrure. Il poussa
une exclamation sourde et, tirant son couteau
essaya vainement d'introduire une lame; puis
il regarda de nouveau.

Alors, approchant sa bouche de l'oreille du curé :

— *La porte est fermée en dedans, la clef est à l'intérieur.*

— Grand Dieu ! quelqu'un est dans l'église...

— Taisez-vous et venez avec moi.

Deux minutes après, employant les épaules du prêtre comme une échelle, Adrien se cramponnait aux barreaux d'une des fenêtres : il se laissa retomber presque aussitôt, avec l'agilité du chat.

— Soyez maître de vous : il y a un homme dans le chœur, un seul homme, si je ne me trompe.

— Il faut appeler au secours !

— Appeler qui... les grévistes ? Je ne me fie pas à eux. Ne perdons pas le sang-froid et tenons conseil.

— Tenir conseil tandis qu'un sacrilège terrible se commet à deux pas de nous !

Le pauvre abbé, prenant son mouchoir, essuyait des gouttes de sueur froide. La Houssaye demanda :

— L'église n'a-t-elle pas une seconde entrée ?

— Oui, à l'abside ; mais la porte est fermée en dedans par un verrou.

— Eh bien ! alors, voici ce que vous allez faire : gagnez cette porte et frappez du poing. L'homme aura peur et se sauvera par l'entrée principale, où je l'attendrai.

— Et s'il vous tue ?

— On ne me tue pas comme ça. Courez vite, ou gare à vos hosties !

L'ecclésiastique avait repris une apparence de calme. De sa main levée, il traça le signe de la croix sur le front d'Adrien :

— Que Jésus-Christ vous absolve ! Si vous mouriez, ce serait le martyre ! Mais, au nom de Dieu, ne tuez pas, vous !

Le curé s'éloigna dans la direction du chevet de l'église, pendant que son compagnon allait s'embusquer sous le porche. Le jeune homme n'attendit pas longtemps. Des coups vigoureux troublèrent les échos intérieurs... Presque aussitôt le pêne de la serrure grinça ; la porte s'ouvrit ; une faible clarté laissa voir le malfaiteur armé d'un pistolet.

L'abbé Esminjeaud heurtait toujours les planches de chêne. Tout à coup le bruit d'un

coup de feu parvint à ses oreilles ; la chanson
des tailleurs de pierre s'était arrêtée brusquement.

— Il est mort !... Et tout cela par ma faute !
s'écria le prêtre, en s'élançant vers la grande
porte.

XV

Adrien n'était ni mort ni blessé. Il avait vu briller le canon d'une arme et avait bondi juste à temps sur la main du voleur qui, du reste, n'était muni que d'un vieux pistolet d'arçon. Malheureusement, la veste du fugitif réduite en loques se déchira sous les doigts qui l'avaient saisie, et, pendant quelques minutes, l'homme se crut sauvé.

Il détalait dans la plaine d'un train de cheval de course, n'osant quitter le chemin facile à distinguer dans les ténèbres : on était à sa poursuite, et il voulait gagner les bois. D'abord il prit de l'avance ; mais il avait plus de vitesse que de fond ; le bruit des pas de l'inconnu qui cherchait à le rejoindre devint moins éloigné. Déjà l'obscurité laissait voir, à peu de distance, une sorte de grande muraille sombre : la forêt, le salut...

Tout à coup, une voix sonore, habituée aux appels lointains du veneur, troubla le silence de la nuit :

— Écoute ! écoute ! tayaut !...

Et, de minute en minute, comme s'il eût appuyé des chiens séparés de la chasse, Adrien répétait :

— Écoute ! écoute !

Si bien qu'au moment où le malfaiteur cherchait à deviner dans les ténèbres une coulée à travers le taillis, deux gardes bondirent du fossé et le happèrent comme un lièvre sur fins. Tout haletant, l'homme essaya de dire :

— Qu'est-ce que vous me voulez ?... Je ne fais point de mal... Je n'ai pas de fusil...

Au même instant, La Houssaye parut, continuant ses appels.

— Monsieur, dit un des gardes, la bête est prise, bête puante ou autre. Hallali sur pied ! Le relais était à point.

— Voyons la bête d'abord, fit Adrien en reprenant haleine. Pouvez-vous nous éclairer,

Bertrand ? N'ayez pas peur, je tiens le compère ; il ne s'en ira plus. Je l'ai surpris dévalisant le tabernacle de la Morinière.

— Vous me brisez le poignet, gémit l'inconnu.

— Tais-toi, canaille ! tu as voulu me briser bien autre chose tout à. l'heure, avec ton pistolet.

— C'est donc cela que nous avons entendu ? fit Bertrand. Nous guettions votre retour, quand le bruit du coup de feu nous a fait dresser l'oreille, même avant d'avoir reconnu votre voix... Tiens ! pardi c'est Barillot !

La lueur d'une lanterne de poche éclairait un homme très jeune, ayant l'apparence d'un coureur de barrière. Il portait autour du front un linge presque aussi souillé que le reste de son costume. Les sourcils d'Adrien se froncèrent ; il demanda :

— Qui t'a posé ce bandage ?

— Une jolie fille, patron. S'il en pleuvait des pareilles, je laisserais ma fenêtre ouverte la nuit... Oh ! là ! là ! mon poignet...

Ce n'était pas le poignet, mais le gosier do Barillot qu'Adrien aurait voulu tenir

dans l'étreinte puissante de ses doigts. Il songeait :

« La savoir livrée aux plaisanteries de ces
brutes !... Elle que j'ai appelée ma reine!... Et
voilà celui qu'ont touché les mains d'Antoinette,
ces mains qui me rendent fou, quand j'ose y
mettre un baiser !... »

Cependant les gardes fouillaient leur captif,
qui supportait l'épreuve en homme qu'elle ne
touche pas pour la première fois. Rien de
suspect ne fut trouvé d'abord ; évidemment, on
avait dérangé Barillot avant qu'il eût pu faire
main basse sur les vases sacrés. En cherchant
mieux on découvrit un médaillon d'or, en
forme de cœur, pouvant donner lieu aux soup-
çons les plus légitimes. Il semblait neuf, ainsi
que le ruban bleu qui l'attachait.

— Dans quelle boutique l'as-tu volé ? dit
Adrien en retournant l'objet dans ses doigts.

Avec son ignoble accent de voyou, l'homme
répondit :

— Volé ? Pourquoi que je l'aurais volé ?
Votre bonne amie ne vous a donc jamais fait
de cadeau à vous ?

— Laissons de la besogne au juge, dit Adrien

en serrant le médaillon dans sa poche. Il s'agit pour l'instant de mettre en lieu sûr ce joli garçon.

— A la mairie ? proposa Bertrand.

— Non, mon ami ; dans votre pavillon. Je ne me fie pas aux grévistes. En route ! Quand ce coquin sera sous clef, nous ferons signe aux gendarmes.

— Mort aux cognards ! Vive l'anarchie ! hurla de toute sa voix Barillot, qui avait les bonnes traditions.

— Toi, tu chantes trop haut, fit Adrien en tirant un foulard de sa poche.

Il bâillonna cet énergumène dont les cris pouvaient amener plus de curieux qu'on n'avait besoin. Cette précaution prise, on se mit en route. Chacun des deux hommes du marquis tenait Barillot par un bras ; Adrien suivait, absorbé dans ses réflexions. Par prudence on avait éteint la lanterne. Au bout d'une demi-heure on était à la garderie.

Là, on fit entrer le voleur dans une salle basse où chacun de ses mouvements était sur-veillé, tandis qu'un homme à cheval galopait au chef-lieu de canton : la sagesse voulait qu'on

profitât de la nuit pour le transfert d'un pri-
sonnier de ce genre, dans un pays surexcité.

Adrien ne pouvait regagner le château sans
avoir donné son témoignage qui établissait le
flagrant délit. Seul dans une pièce voisine, il
attendait, retournant dans son esprit certaines
pensées décourageantes. Pour y faire diversion,
il chercha le médaillon trouvé sur Barillot : le
produit d'un vol, cela n'était pas douteux ;
mais de quelle provenance ? Machinalement, il
fit jouer la charnière du bijou : un petit papier
s'en échappa... Fortement intrigué, La Houssaye déplia la feuille minuscule et distingua
plusieurs lignes d'écriture microscopique, aisée
à lire toutefois, même à la clarté de l'unique
bougie. Ce billet, qu'il ne comprit pas, était
conçu dans les termes suivants :

> *L. M. fait vœu d'aller*
> *à Lourdes avec son mari,*
> *si ce mari est A. H.*

Du moins une chose était facile à comprendre : il avait entre les mains un ex-voto,
sans doute enlevé du cou d'une madone. Mais
il y avait peu d'apparence qu'une jeune

paysanne de la Morinière pût offrir un bijou
de plusieurs louis; encore moins qu'elle eût
l'idée d'un tel voyage de noces. Barillot avait
donc visité quelqu'autre chapelle plus riche...

Adrien songea non sans sourire un peu :

« Comme c'est drôle! Me voilà dépositaire
malgré moi d'un secret d'amour. Pauvre petite !
qui que tu sois, ton histoire ne sera pas mêlée
aux affaires de Barillot. »

Il referma le médaillon, gardant le billet
pour éviter tout commérage d'audience. Tandis
qu'il fraudait ainsi le juge d'instruction, un
léger coup fut frappé à la porte. C'était la fille
du garde-chef qui apportait à l'ami de son
maître une assiettée de soupe chaude. Il était
une heure du matin : qui pouvait dire à quelle
heure on irait au lit? Réveillée par son père,
la jolie brunette s'était mise à l'œuvre aussitôt.
En quelques minutes elle avait préparé une
de ces potées réconfortantes dont les forestiers
ont le secret. « Monsieur Adrien » devait être
affamé. Il avait tant couru ! Sans compter qu'il
avait vu la mort de près !

— Je l'ai à peine vue, Fanchette. Mais il
paraît que c'eût été le martyre: M. le curé l'a

dit. N'est-ce pas dommage que Barillot m'ait
manqué ? Vous auriez eu ma statue dans votre
église, avec un cercle d'or sur la tête et un
pistolet d'arçon dans la main. Si je ne me
trompe, les martyrs sont représentés à la véné-
ration des fidèles avec l'instrument de leur
supplice.

— Ne plaisantez pas, monsieur, répondit
Fanchette, qui était fort pieuse. Quelle profanation terrible ! J'espère que le tabernacle
n'a pas été touché. Un sacrilège !... Notre saint
curé en mourrait de douleur.

— Je pense que le tabernacle est sauf. Du
moins on n'a trouvé sur l'homme aucun vase
sacré : seulement ce médaillon d'or...

— Oh ! monsieur s'écria la jeune fille à la
vue de l'objet volé, on dirait l'*ex-voto* de notre
Vierge !

— Croyez-vous ? fit Adrien en remuant la
tête. C'est de l'or : voyez les marques ! Pensez-
vous qu'il y ait dans ce village, des dévotes
assez riches pour offrir à l'église un cadeau
de plusieurs louis ?

— Non, monsieur. Mais on dit que c'est
mademoiselle Montgodefroy qui a fait ce don.

Notre curé, sans doute, pourrait vous en apprendre davantage. Toutefois je pense qu'il refusera de parler : ces choses-là doivent rester secrètes. Si vous faites un vœu, la Vierge seule doit le savoir. Autrement vous n'obtenez rien.

Adrien ne mangeait plus. Il répéta d'une voix distraite :

— Ah ! vraiment, c'est mademoiselle Montgodefroy...

Puis après un silence :

— Fanchette, votre soupe est délicieuse ; mais je n'ai plus faim. Laissez-moi : j'espère que les gendarmes viendront bientôt.

Resté seul, d'une main qui n'était plus aussi calme, il ouvrit de nouveau le billet. On aurait pu l'entendre murmurer :

— L. M. : Louise Montgodefroy... A. H. : Adrien La Houssaye... Mon Dieu ! serait-ce possible ?... Oh ! la pauvre enfant !...

Il n'aurait pu dire combien de temps s'écoula jusqu'à l'entrée en scène de la force publique. Même, durant l'interrogatoire majestueux du brigadier, il sembla penser à autre chose. Enfin, il signa le procès-verbal qui constatait la remise des pièces à conviction : un pistolet

« de forme antique et surannée, mais encore
efficace », plus « un objet provisoirement en or,
d'usage inconnu, de la grosseur et de la forme
approximative d'un cœur de lapin ». On devine
que le billet mystérieux n'était pas mentionné
dans ce pompeux inventaire. Il restait « provisoirement » dans le portefeuille de... A. H.

Comme Barillot partait, les menottes aux
mains, il dit en regardant avec insolence l'au-
teur de son arrestation :

— Eh bien ! vous êtes content ?

— Mais oui, très content, répondit La
Houssaye. Au revoir bientôt.

Lui-même se mit en route, refusant l'escorte
des gardes. Il marcha d'abord dans la direction
du château, puis, tout à coup, il fit volte-face,
et, pour la troisième fois dans cette journée,
il prit le chemin de la Morinière. La porte de
l'église était encore ouverte et la lampe éclairait
la forme immobile de l'abbé Esminjeaud, pros-
terné la face contre les dalles. Sur l'autel, la
porte du tabernacle gisait, arrachée de ses
gonds...

Adrien toucha du doigt l'épaule de son ami,
qui montra un visage couvert de larmes.

— Regardez, dit le prêtre. Le Saint des saints
n'a pas effrayé ce misérable ; j'ai failli m'évanouir de douleur... Et, si nous étions arrivés
deux minutes plus tard, quelle profanation
allait s'accomplir ! Mais vous, mon ami, je vous
ai cru mort. Dieu merci ! mon angoisse n'a
pas duré longtemps : je vous ai vu disparaître
à la poursuite de l'homme...

— Il est pris : je viens vous le dire. C'était
Barillot, le protégé de mademoiselle de Louarn...
Viendra-t-elle le consoler dans sa prison ?...
Mais, autre chose : ne manque-t-il pas à l'une
de vos chapelles un médaillon donné par
mademoiselle Montgodefroy?

L'abbé Esminjeaud courut à sa madone.

— Volé ! s'écria-t-il. Le bijou est volé !...

— Rassurez-vous : il est en lieu sûr, comme
le voleur. Et maintenant, je vous quitte : j'ai
sommeil. Nous nous reverrons sous peu dans
le cabinet du juge d'instruction.

Ce que désirait Adrien, c'était moins le sommeil que la solitude après tant d'événements :
il était de ceux qui ne reprennent leur assiette
qu'en se repliant sur eux-mêmes. Chose éton-
nante : au lieu de fatigue, il ressentait une

satisfaction encore mal définie, qui lui rendait
le corps et l'esprit très alertes. Sans doute,
l'exaltation dont tous les êtres sont animés au
sortir d'un danger grave était pour beaucoup
dans cette joie de vivre. Il entendait la balle
sifflant à ses oreilles. Il songeait à ce qui serait
arrivé s'il avait eu moins de vigueur, de sang-
froid, et surtout moins de chance. Il éprouvait
une émotion agréable à se dire : « Je serais
déjà froid, ou peu s'en faut ! »

Mais une autre idée lui venait à l'esprit :
« J'aurais été pleuré par cette pauvre Louise !...»
Et, probablement, cette conviction était pour
quelque chose dans le sourire qui flottait sur
ses lèvres.

Quelques heures plus tôt, il disait, en parlant
de mademoiselle de Montgodefroy : «C'est une
enfant ! »... Pouvait-on se tromper ainsi ?
Pouvait-on ne pas voir que, dans cette poitrine
si jeune, battait un cœur de femme avec ses
espoirs, ses douleurs, la tendresse qu'il faut
cacher à tous les yeux?... Quel courage! Quelle
pureté! Quelle foi naïve! Une autre eût essayé
les manœuvres coquettes ou laissé paraître la
jalousie. Une autre eût boudé, pleuré, détesté

sa rivale... Cet ange de douceur avait toujours
le même sourire. — un peu plus triste seulement. Oh! comme, à certaines heures, il était
triste! Et, pour obtenir la grâce qu'elle désirait
entre toutes, — pauvre illusionnée! — elle
mettait en jeu la céleste influence! Elle em-
ployait le vœu, ce moyen suprême des âmes
qui croient, dans un cas désespéré... Oui,
hélas! il était désespéré le cas de Louise...

« Et moi, se dit le jeune homme, quel
avenir m'attend? »

Une sorte de consolation égoïste lui vint
comme une bouffée fraîche : du moins quelqu'un l'aimait! Hélas! ce n'était pas à cette
porte que mendiait son cœur affamé... Et
pourtant il éprouvait une douceur étrange à
savoir que, derrière un seuil discrètement clos,
l'amour l'attendait, généreux, les mains pleines,
brûlant de se dévouer. Là, nulle déception à
craindre, pas de lutte, pas de révolte... Il s'interrompit lui-même dans ces pensées :

« Qu'importe tout cela maintenant! Le sort
a parlé. Ce que je souffre par une autre, cette
charmante créature le souffrira par moi. Comme
sa vie s'arrange mal! »

C'est une chose curieuse de voir avec quelle facilité nous laissons aux femmes le rôle de martyres, dans les romans qu'ébauche notre imagination ou que la réalité compose. Adrien procédait ainsi ; mais il ajoutait avec l'orgueil d'une conscience pure : « Je n'ai rien fait pour cela ! » — Il faut reconnaître que les hommes peuvent rarement s'accorder ce témoignage.

Le rêveur s'était arrêté sur un petit pont encore assez éloigné de Villegarde. Les coudes appuyés sur le parapet, il regardait les étoiles trembler dans l'eau ; et ce scintillement pâle, très doux, noyé dans un cristal pur, lui rappelait les yeux de la charmante fille qui voulait bien l'aimer « sans qu'il eût rien fait pour cela ». Soudain une de ces voix incommodes qui troublent parfois nos satisfactions intérieures de pharisiens monta vers lui. Les petites vagues du ruisseau jaseur semblaient murmurer :

« Homme irréprochable ! supposons que tu puisses te faire oublier de Louise en nous jetant le billet que tu as dans ta poche (et qui ne t'appartient pas) : y consentirais-tu ? »

Adrien n'était pas de ces esprits retors qui ont toujours un argument pour se tirer de peine. Cependant il fit aux petites vagues cette réponse fort subtile :

« Puisque le billet ne m'appartient pas, je n'ai pas le droit de vous le donner. Laissez donc en repos ma conscience. »

Il eut même le cynisme de s'avouer qu'il était curieux de revoir son amoureuse anonyme. Et, souriant à l'idée de cette rencontre qu'il se promettait bien de ne pas différer, La Houssaye reprit sa route, sans faire attention qu'il venait de songer pendant plusieurs minutes à une autre femme qu'à Antoinette.

Lorsqu'il *voulut* remettre sa pensée aux pieds de « sa reine », — d'habitude il n'y pensait que trop, sans le vouloir, — une étrange modification s'était produite. Adrien aimait toujours la même femme, seulement elle ne paraisssait plus à ses yeux comme une créature isolée dans l'univers, comme l'*unique*! A côté d'elle une autre figure se détachait, également inoubliable. Quel homme peut oublier la première femme qui a mis en lui, sans une parole, sans un signe, le *to be or not to be* de son bonheur ? Et quel souvenir est le plus sûr de nous accompagner dans la tombe : celui de la froide statue

follement adorée, ou celui de la tendre créature
qui nous aime en silence,

N'ayant rien demandé et n'ayant rien reçu ?

Adrien comprit alors que Louise allait faire
du tort à Antoinette, et cette révélation le
troubla vivement. L'innocente y gagna d'être
vouée, momentanément, aux gémonies. On
aurait dit quelle venait de dérober quelques-
unes des perles du bandeau royal de « Sa
Majesté ».

Mais qu'y faire ? Dans l'espèce, le crime
n'était pas justiciable des tribunaux. D'ailleurs,
pour être juste, la reine gardait assez mal son
trésor.

Le promeneur nocturne en était là de ses
réflexions quand le garde qui veillait chaque
nuit sous les fenêtres du château lui cria : *Qui
vive?* S'étant fait reconnaître, il fut informé que
Ferréol avait gagné ses appartements après une
longue attente, croyant que son ami s'attardait
à rêver aux étoiles.

Le lendemain, La Houssaye dut se rendre à
Fontainebleau pour l'interrogatoire, où la vue

de Barillot raviva son mécontentement à l'égard d'Antoinette.

De Fontainebleau, il gagna Paris sans retourner à Villegarde.

XVI

La première visite d'Adrien fut pour les Montgodefroy, ce qui fera sourire les gens sceptiques.
Si quelqu'un eût désiré savoir pour quelle
raison l'amoureux n'allait pas d'abord chez
sa belle, sa réponse était toute prête. Il aurait
allégué non pas une raison mais vingt, également bonnes et dont voici quelques-unes. Pour
commencer il craignait de ne pouvoir, dans le
premier moment, ménager à Antoinette certaines choses peu agréables qu'il avait sur le
cœur. En second lieu la perspective de rencontrer « Renée » lui était odieuse. De plus les
Louarn habitaient fort loin tandis que les
Montgodefroy demeuraient à sa porte ; il était
bien aise de savoir l'opinion d'un homme

sans part¹ pris, tel que le banquier, sur son
aventure dont parlaient tous les journaux;
le marquis l'avait chargé de porter des nouvelles à sa nièce. Enfin l'abbé Esminjeaud avait
dit, — ou du moins il devait avoir dit, — que
mademoiselle Montgodefroy serait fort intéressée par les tragiques événements auxquels sa
chère église de la Morinière avait servi de théâtre.

Peut-être qu'Adrien aurait gardé pour lui sa
vingt et unième raison : la curiosité. Il ressemblait à un homme qui, ayant passé vingt fois
devant une demeure bien close, apprend un
beau jour que la maison lui est tombée en
héritage. Il ne compte pas l'habiter, — sa
résidence est fixée ailleurs; — mais il est
curieux de voir *ce qui aurait pu être* son logis,
d'en connaître les richesses, de les comparer...
Qui peut savoir?

Tels étaient les sentiments d'Adrien quand
il entra chez les Montgodefroy, vers la fin
de l'après-midi. L'heure n'avait pas été choisie
au hasard : Honoré, justement, causait avec
Louise, comme il faisait chaque soir avant
dîner. La belle Marthe n'était pas rentrée, ce
qui était une habitude non moins régulière.

— Ah! s'écria le banquier, quand on parle du loup!... Ma fille me questionnait sur vos exploits, qui sont du vrai Gaboriau. Est-ce vrai tout ce que les journaux racontent? Vous ressemblez à ces héros de l'*Iliade*, qui se battaient comme des lions et couraient comme des cerfs. Moi, j'aurais été tué selon toute apparence; mais, à coup sûr, je n'aurais pas rattrapé le voleur.

Louise eut un frisson tellement visible, qu'elle crut devoir l'expliquer:

— Ces histoires de brigands m'effraient toujours. Il me semble que je suis encore sur les genoux de ma bonne.

— Quelle enfant! gémit Honoré en haussant les épaules.

Adrien sourit. N'était-il pas amusant de voir combien Louise était peu connue par son père? Une enfant!... Ah! ces yeux profonds, éclairés d'une lueur douce, étaient bien des yeux de femme, d'une femme tendre, bonne, dévouée. Quel aveugle que ce Montgodefroy! Mais comme il est agréable d'y voir clair et de surprendre certains frissons!...

— Mademoiselle, dit le héros, pardonnez-

moi de vous faire peur indirectement. Surtout,
n'ayez plus peur. Le brigand n'a tué personne,
et même il n'a rien volé, sauf un petit cœur
en or que j'ai retrouvé dans sa poche.

— Un *ex-voto !* s'écria la jeune fille avec un
trouble manifeste. Mon Dieu! qu'est-il devenu?
Je... je l'ai vu au cou de la Vierge et... l'abbé
Esminjeaud y tenait extrêmement.

Adrien n'eût pas donné sa place pour une
jolie somme.

Il répondit d'un air candide :

— Eh bien, mademoiselle, notre ami retrou-
vera son *ex-voto* quand les juges n'en auront
plus besoin.

— Ah! j'espère bien qu'ils enverront l'homme
aux galères !

— Vous ne partagez pas l'opinion de
« Renée » ? Elle pense qu'il n'y a pas de criminels, seulement des malades.

Montgodefroy se mit à rire.

— Oh! ma fille est arriérée comme tout.
Elle me disait, quand vous êtes entré :
« Je ne comprends pas que mademoiselle de
Louarn... »

— Papa !... fit la pauvre Louise en bondissant, comme pour fermer la bouche de son père.

— De quoi, *papa?* Monsieur La Houssaye voit les choses comme nous. Ton amie est une folle, que son père néglige trop, et, soit dit en passant, je désire que tu la fréquentes le moins possible.

Adrien tira sa montre, ne songeant plus qu'à fuir. Il avait assez de courage pour défendre l'élue de son cœur à la face du monde entier, mais il se sentait lâche en présence de Louise. Il partit fort brusquement, sous prétexte qu'il était attendu.

Ce chevalier félon ne croyait pas si bien dire : il trouva Pierre de Louarn qui l'attendait. Sans doute, sa physionomie laissa voir autre chose que du plaisir, car le père d'Antoinette lui dit :

— N'ayez pas peur; je ne viens pas vous prendre une *interview* : je suppose que vous en êtes saturé. Mais on me presse de dire un mot sur la grève des carriers. Vous avez pu la juger de vos yeux : qu'en pensez-vous?

— Je n'ai pas vu la grève, répondit froidement Adrien : j'ai vu un gréviste, ou soi-disant tel, qui forçait un tabernacle. Vous devinez ce que j'en pense, puisque je l'ai fait mettre en prison.

Sans relever le ton aigre de cette réponse, le directeur de *l'Amendement* continua :

— Grâce à vous, le coquin sera puni. Mais cette grève n'en est pas moins intéressante, précisément parce qu'elle est toute locale, toute professionnelle. Aucun politicien, jusqu'ici, ne l'a défigurée. Ces ouvriers de la pierre ont presque tous une femme, des enfants ; ils réclament le « salaire familial », qui est une des revendications que je professe... Nous en causerons mieux si vous voulez faire droit à ma demande et à celle de ma fille. Venez dîner à la maison ; Antoinette meurt d'envie d'avoir des détails circonstanciés : votre couvert est déjà mis.

Adrien ne pouvait pas refuser : Antoinette réclamait sa présence !... Les deux hommes partirent ensemble, l'un *parlant* son article du lendemain, l'autre se disant : « Que m'importent les voleurs, les grèves, le monde entier ? Quand sa beauté m'appartiendra, je l'enfermerai dans mon amour comme derrière une muraille. Ou bien je l'emporterai loin de ces gens qui l'égarent, loin de « Renée », loin de Thomassin, loin de Marthe Montgodefroy, loin de son père lui-même. Et alors !... — Ce que voulait dire cet « alors », tout être jeune et passionné le devine.

Adrien pénétra au salon; Pierre de Louarn disparut quelques instants. Sa fille lisait près d'une lampe qui faisait valoir ses traits superbes et les lignes de son buste. La Houssaye parut boire le charme capiteux qui émanait de toute sa personne, comme s'il eût cherché, appelé l'ivresse. Tandis qu'elle-même le regardait, étonnée de ne plus le trouver timide, sentant quelque chose de changé en lui, le jeune homme dit d'une voix sourde :

— Mon Dieu! que vous êtes belle!

Un instant, elle garda le silence, puis elle répondit :

— Vous savez ce que je pense des compliments... Parlons de sujets plus sérieux : vous avez failli mourir ! Qu'est-ce qu'on éprouve en face de la mort ?

— Peu de chose, quand on n'est pas aimé.

— Vous voyez donc bien qu'il vaut mieux ne pas l'être !

— Oui ; de même qu'il vaut mieux ne pas vivre, selon quelques-uns. Mais moi, j'aime la vie.

— Heureux homme ! Pouvez-vous me dire pourquoi vous l'aimez?

— Parce que... parce que je ne veux pas mourir avant d'avoir vécu pendant une heure: *vécu !* vous me comprenez.

Antoinette comprenait si bien que ses lèvres se mirent à trembler : ce vent chaud de désir et de passion l'agitait malgré elle.

Adrien murmura, les dents serrées :

— Oh ! cette bouche !...

Déjà elle fermait les yeux, sentant qu'il allait bondir, la serrer dans ses bras. Mais la porte s'ouvrit : Pierre de Louarn entrait... Ce ne sont pas toujours les mois, les années d'efforts qui changent notre vie. C'est, parfois, l'avance ou le retard d'une seconde à l'horloge du destin.

On se mit à table aussitôt et, naturellement, la conversation changea. La Houssaye conta son histoire, de même qu'il l'avait contée aux Montgodefroy ; mais le résultat ne fut pas le même. Il faut croire qu'Antoinette était plus brave que Louise — ou qu'elle dissimulait mieux ses impressions, — car le récit de la courte bataille ne sembla en aucune façon l'effrayer. Elle dit seulement, par manière de conclusion :

— La créature aux abois, homme ou cerf, ne songe qu'à tuer.

Adrien, qui jugeait moins dangereux de parler du cerf que de parler de l'homme avec une interlocutrice de ce genre, répondit en souriant :

— Vous n'en êtes pas moins une chasseresse intrépide.

— Je l'étais, fit mademoiselle de Louarn.

Ses yeux étaient devenus très durs, subitement : elle se souvenait de certain hallali... et de Ferréol.

— Qu'est-ce à dire ? Vous n'aimez plus la chasse, maintenant ?

— Non, c'est fini. Plus jamais on ne me verra suivre une meute ou assister à la curée.

Certaines paroles produisent un effet hors de proportion avec leur importance. Que mademoiselle de Louarn aimât la chasse ou ne l'aimât point, c'était une question secondaire pour le bonheur de son époux, quel qu'il dût être. Mais Adrien, chasseur passionné, vit une divergence de plus entre ses goûts et ceux d'Antoinette. Il se souvint du bonheur qu'il avait eu à lui prêter son cheval : que de peine perdue ! La colère lui montait au cerveau ; mais il se contint et répondit :

— Comme vous voudrez, mademoiselle. D'après vos paroles, je mettrai *Elphin* en vente dès demain.

Louarn, si distrait qu'il fût d'ordinaire, comprit sans doute une partie des pensées de son hôte, car il dit à sa fille, avec une sévérité peu ordinaire :

— Je ne te savais pas ingrate.

Elle répondit :

— Je ne suis pas ingrate ; mais je vous assure que la chasse ne me vaut rien.

— La politique pas davantage. Tu me feras plaisir en laissant « Renée » courir les grèves toute seule, une autre fois.

— Mon père !... c'est *vous* qui parlez ainsi ?

La discussion s'éleva entre le père et la fille. Adrien se garda soigneusement d'intervenir ; mais sa mauvaise humeur fut bientôt de la consternation. Il était évident que la jeune fille

dépassait les doctrines de *l'Amendement social.*
Et, surtout, il était évident que Pierre de
Louarn avait perdu l'autorité sur sa fille:
Thomassin et « Renée » avaient passé par là.

Derrière son silence, la physionomie du
jeune homme parlait pour lui; c'était plus
que ne pouvait en supporter Antoinette. Elle
était de ces femmes très nombreuses que la
contradiction, même tacite, exaspère. D'ailleurs
elle avait une autre raison d'être exaspérée: le
trouble nouveau qui l'agitait en présence
d'Adrien.

Comme pour le braver, elle se tourna tout
à coup vers lui, avec cette apostrophe inattendue :

— Vous frémissez d'indignation, n'est-ce pas ?
Que voulez-vous ? Je suis femme et je ne vois
que la souffrance. Vous êtes homme et ne voyez
que la faute. Nous serons peut-être admises,
quelque jour, aux fonctions de l'État. Mais
nous ne serons jamais bonnes pour faire des
juges, moins encore des bourreaux.

— Je crois, en effet, dit Adrien, que la première de ces fonctions vous conviendrait peu !
Quant à la seconde, c'est autre chose. Beau-

coup de femmes ne craignent point de torturer.
La souffrance ne les émeut plus, quand c'est
elles qui la causent.

— Parce que, la plupart du temps, c'est
votre orgueil que nous faisons souffrir.

— Si vous aimiez quelqu'un, seriez-vous
donc charmée qu'il n'eût pas d'orgueil?

— Peut-être. Pour vous le dire, il faudrait
aimer quelqu'un.

Lorsqu'une femme crie sur les toits qu'elle
n'aime personne, il faut parfois se demander
ce qui la fait chanter si haut. Mais Adrien
s'entendait mieux à relever le change d'un animal de meute qu'à débrouiller le mystère féminin, ce qui, d'ailleurs, est moins facile. Poussé à
bout par ces blessures qui n'épargnaient ni son
cœur ni son amour-propre, il répondit :

— Nous savons, mademoiselle, que vous
gardez votre compassion pour... Barillot. Comme
votre ami, je suis fier de la voir si bien
placée.

— Vous avez, dit Antoinette, l'amitié un
peu moqueuse. N'importe ! je ne changerais
pas mon rôle d'infirmière contre celui de poli-
cier... qui fut le vôtre.

— Allons! tais-toi! interrompit Louarn en jetant sa serviette et en se levant de table, car le dîner touchait à sa fin.

Tandis qu'il passait dans son cabinet pour prendre un cigare, sa fille dit à La Houssaye avec un geste de menace :

— Vous oubliez nos conventions. Je vous ai prévenu : si vous excitez mon père contre moi, n'attendez plus rien.

— Grand Dieu! que puis-je attendre? soupira le jeune homme.

Antoinette n'ouvrit plus guère la bouche tant que se prolongea cette soirée, dont les débuts présageaient autre chose que la discorde.

XVII

Le marquis resta peu de jours dans son
château. Les grévistes se calmaient, n'ayant plus
d'argent pour boire. Hélas! ils n'avaient pas
toujours de quoi manger. De plus ils commençaient à voir qu'on les avait payés de belles
promesses. Les souscriptions restaient ouvertes
sans rien produire ; le Conseil municipal de
Paris lui-même ne votait rien ; les interpellations tardaient à se manifester à la Chambre.
Pour tout dire, les derniers exploits de Barillot
ne laissaient pas de gêner un peu tout le
monde.

Rentré dans sa garçonnière de l'avenue
Hoche, Ferréol se tint visiblement à l'écart,
bien que la *saison* fût alors à son apogée. La

belle Marthe, au contraire, était au plus épais
du tourbillon de la grande vie. Quand on
s'étonnait de la voir toujours sans sa fille, elle
répondait :

— Je gagne une année. Les demandes en
mariage viendront assez tôt. D'ailleurs, Louise
n'aime pas le monde.

Ceci n'était pas un de ces mensonges que se
permettent les mères restées trop jeunes. Au
lieu de devenir mondaine avec l'âge, mademoiselle Montgodefroy témoignait un goût de
plus en plus marqué pour la solitude; mais,
depuis le retour de son oncle, elle était beaucoup moins seule. Villegarde avait pris en
pitié cette douce créature, si tristement isolée
entre un père manieur d'argent et une mère
si peu faite pour la maternité. Chaque jour il
avait des tête-à-tête avec sa petite-nièce, mo-
ments cruels et délicieux pour la jeune fille, qui
pouvait alors quitter son masque d'enfant.

Elle disait parfois à son oncle, avec ce sourire navré, si peu jeune, qu'elle gardait pour
lui :

— Vous êtes mon père, ma mère... tout !

Hélas ! Villegarde savait bien qu'il n'était

pas tout. Mais il avait, pour la petite veuve de dix-sept ans, ainsi qu'elle s'appelait elle-même, des consolations qu'on aurait crues inventées par une tendresse féminine. D'ailleurs Louise *ne voulait pas* désespérer encore, et cela pour deux raisons.

— Je l'aime tant !... *L'autre* l'aime si peu ! disait-elle à son oncle. Et puis, s'il faut un miracle, pourquoi ne l'obtiendrais-je pas ? On en a vu de plus grands.

Un matin, venant déjeuner chez le marquis, elle arriva la première. Villegarde s'était attardé au Bois. Pour l'attendre, elle jeta les yeux sur un journal de sport, du petit nombre de ceux dont on lui permettait la lecture. Une ligne frappa sa vue, comme si la page n'eût été noircie que de ces quarante lettres :

« *Elphin*, propriétaire M. La Houssaye, à vendre chez ***. »

Au même instant Villegarde entrait : sa petite-nièce lui sauta au cou.

— Eh bien ! qu'est-ce que tu as ? Tes joues brûlent. Mademoiselle Eau-qui-dort est en train de bouillir. Où est le feu ?

Sans rien dire, elle montra l'annonce.

— Étrange! dit Ferréol. Mais qu'est-ce que cela prouve? Je te répète mon refrain, mignonne : pas d'illusion !

— Je n'en ai pas, je vous assure. Mais *Elphin* supprimé, il me semble que c'est un ennemi de moins. Oh! celui-là, je le *haïssais !...* J'en ai tant d'autres que je suis obligée « d'aimer comme moi-même pour l'amour de Dieu » !

— Et tu y parviens ?

— Quelquefois, quand j'ai bien prié ou quand j'ai causé avec l'abbé Esminjeaud. Pour le moment, je n'ai qu'une idée : pourquoi ne veut-*il* plus garder...

Elle s'interrompit juste à temps : la porte s'ouvrait, donnant passage au propriétaire d'*Elphin*. Après avoir salué mademoiselle Montgodefroy, Adrien dit au marquis :

— Je vous ai manqué aux Poteaux : je désirais vous parler d'une petite affaire, qui n'est pas pressante. Je reviendrai; vous n'êtes pas seul.

Louise était retournée à son journal qui tremblait dans ses mains, d'autant plus qu'elle se sentait surveillée, en quelque sorte, par La Houssaye. Pourquoi cette attention gênante?

Jusque-là, elle n'avait jamais compté aux yeux de cet indifférent, et Dieu sait ce qu'elle en avait souffert !... Mais voilà qu'il se mettait à la regarder trop...

On dira qu'il eût été généreux, de la part d'Adrien, d'ignorer la présence de Louise comme il faisait précédemment. Mais il aurait eu besoin, pour cela, d'être un homme bâti autrement que les autres ; et nul ne prétend qu'il méritait cet éloge.

Est-ce un grand crime de respirer une fleur qui embaume, alors même qu'on n'a pas l'intention de la cueillir ? Hélas ! la fleur orgueilleuse choisie par cet infortuné, l'indomptable Antoinette, lui refusait jusqu'alors le parfum divin !... Il comparait, avec un peu d'amertume, et se promettait du moins de ne plus fouler aux pieds la tendre violette, restée si longtemps inaperçue.

Rien, d'ailleurs, n'était plus délicieux que l'effarement de Louise. Ne s'avisait-*il* point, à cette heure, de lui poser des questions, de s'enquérir de ses goûts, de ses manières de voir ? Elle répondait de son mieux, très surprise d'intéresser quelqu'un, *lui* surtout, heureuse

quand elle se voyait approuvée... Mais, sur le
front d'Adrien, quelquefois, paraissait une ride
singulière; et la pauvre Louise avait peur
d'avoir mal dit, ne se doutant pas qu'elle
disait trop bien, au contraire. La raison, la
sagesse, l'amour, dictaient chacune des paroles
tombées de sa bouche. On aurait dit qu'elle
travaillait habilement pour se faire valoir aux
dépens de *l'autre*, et Dieu sait pourtant qu'aucune créature n'était moins « habile ».

Adrien songeait :

« Nous pensons de même sur tout. La vie,
avec cette enfant, passerait comme un rêve de
douceur, sans discussion, sans lutte!... »

Il s'en voulait déjà de cette simple remarque.
La seule idée d'une comparaison, même dans
le secret de son cœur, lui semblait une félonie
envers sa bien-aimée. Du moins il pouvait
s'abandonner au grand courant d'amitié qui
l'emportait vers Louise. Avec une sorte d'atten-
drissement sur lui-même dont il ne sentait
pas la cruauté, il dit à la jeune fille :

— Quel dommage que nous n'ayons pas
trente ans de plus! Nous ferions une paire
d'amis. Vous jugez si bien les choses!

Elle reçut avec bravoure ce compliment qui lui déchirait l'âme. Elle répondit :

— Qu'à cela ne tienne ! Je vous assure que je suis une vieille femme à certains égards.

— Allons donc ! fit Adrien. Avant deux ou trois ans, vous ne vous souviendrez pas plus de moi que de votre première poupée. Tout passe en ce monde : c'est la loi suprême. Chacun fait sa vie et chacun vit pour soi !

Déjà il éprouvait une étrange amertume à la pensée qu'il serait oublié de Louise. Elle épouserait un autre homme... Peut-être qu'elle rirait un jour avec son mari, entre deux caresses, de « sa première passion ». Elle serait l'oublieuse, lui l'oublié. Par avance il éprouvait un déplaisir vague, mêlé d'une inconsciente jalousie contre le consolateur qui, tôt ou tard, viendrait... Ferréol ne cessait de l'observer ; il lui dit sur un ton grave :

— Mon cher Adrien, le coup de pistolet de Barillot vous a transformé. Vous voilà pessimiste, comme si vous aviez vingt ans.

Louise protesta :

— Pourquoi toujours calomnier les jeunes ? Suis-je donc pessimiste, moi ?

— Oh! mademoiselle, fit Adrien, vous ne comptez pas. Vous êtes un de ces croyants à qui la conviction donne l'espérance, qu'ils complètent au besoin par la résignation. Tels nos gens de Bretagne, qui emportent leur parapluie s'ils vont en pèlerinage pour demander le beau temps. Ceux-là, d'une façon ou de l'autre, ne courent pas risque d'être mouillés.

Mademoiselle Montgodefroy garda le silence, étonnée de cette riposte un peu rude. Le marquis vint à son aide :

— Et vous, mon ami, savez-vous de quoi vous avez l'air? De ces enfants gâtés qui pleurent, incapables de dire ce qui pourrait les contenter. Que faut-il pour vous faire plaisir? Qu'on se jette dans les bras de Schopenhauer ou dans ceux de la religion? Il n'y a guère de milieu. Notez bien, toutefois, que ce n'est pas Schopenhauer qui a dit : « L'amour est fort comme la mort. » Et ce n'est pas lui davantage qui a proclamé le dogme de l'espoir et du souvenir, vainqueurs du tombeau.

La Houssaye garda le silence, puis il se leva, oubliant le motif de sa visite, qui était d'annoncer la disgrâce d'*Elphin*. En vain Ferréol multiplia les instances pour le garder à déjeuner. En vain les yeux bleus de sa nièce appuyèrent l'invitation, sans se douter qu'ils étaient si bavards. La Houssaye fut inébranlable. Mais, en prenant congé de mademoiselle Montgodefroy, il lui baisa les mains pour la première fois de sa vie. Et, tandis qu'il la proclamait ainsi « grande personne », il murmura ce mot qui, dans la conjoncture, pouvait avoir plus d'un sens :

— Pardon !

Quand il fut dans la rue il songea :

« Au point où en sont les choses, la conversation de cette jeune fille ne me vaut rien. Pauvre petite ! c'est désolant de la voir souffrir ! Hélas ! est ce qu'on ne souffre pas toujours ? Avec Antoinette, j'aurai des heures cruelles;... mais, qu'importe, pourvu qu'un jour le ciel s'ouvre !... »

Ainsi, fidèlement obstiné dans sa passion, il ramenait sa pensée vers l'élue de son cœur ou, pour mieux dire, vers sa conquérante superbe. Cependant, depuis qu'il avait fait certaine trouvaille dans la poche d'un bandit, ces tête-à-tête mystérieux de son imagination étaient troublés.

Entre lui et mademoiselle de Louarn, un troisième personnage venait se placer, témoin discret, silencieux, qui lui causait une gêne étrange. Il croyait toujours sentir le regard de Louise, profond et très pur, fixé sur lui, sur *eux*. Et, quoi qu'il pût faire, il *comparait*, ce qui est une des opérations les plus redoutables de l'analyse : l'analyse, ange exterminateur des amours de constitution délicate, et même des autres, souvent !...

Chez les peuples mal gouvernés, on ne manque pas de voir surgir à côté du trône un prince du sang royal, de qui les mécontents font leur chef. C'est ainsi que, pour tout ce qui souffrait dans la personne morale d'Adrien, pour sa raison, pour sa dignité d'homme, pour ses goûts et ses idées, Louise devint la reine d'à côté, en qui s'incarnait l'opposition.

Cela n'empêche qu'il retourna voir Antoinette; mais elle était avec « Renée » : il n'entra pas, laissant une carte avec ces lignes grosses de reproches : « Je ne veux pas déranger le tête-à-tête. »

Pour se consoler — ou pour se venger, — il prit le chemin de l'hôtel Montgodefroy, à

l'heure où il savait trouver le père seul avec
sa fille. Il en sortit calmé une fois de plus,
emportant la vision du sourire de Louise :
l'autre ne souriait jamais !

Quand il revit Antoinette, ce fut pour
regretter de l'avoir vue ; car l'entretien fut
orageux. Lui-même avait soulevé l'orage à
propos de « Renée ». Avec son entêtement
breton, mademoiselle de Louarn défendit son
amie :

— C'est une bonne femme, irréprochable
dans sa conduite, pleine de talent. Mon père
lui ouvre sa maison et les colonnes de son
journal. Ceux qui ne veulent pas la trouver
chez nous peuvent ne pas y venir.

— Mais, enfin, elle ne croit pas en Dieu !

— Vous empêche-t-elle d'y croire ? Êtes-vous
donc maintenant un homme si religieux ?

— Certaines folies se gagnent : c'est une
folle, qui aime le bruit autour de son nom.
Tôt ou tard, vous tomberez avec elle dans un
esclandre.

— Vous m'y laisserez. Qui vous retient ?
Cherchez une femme plus digne de vous et
qui...

Elle s'arrêta, comme prise de timidité.
Adrien, sans apercevoir l'hésitation, compléta
la phrase :

— Et qui m'aime ?... Cela vous semble impossible, n'est-ce pas, qu'on puisse m'aimer ?
Si l'on vous disait que cette chose incroyable
arrive, comme vous hausseriez les épaules !

Dans les yeux d'Antoinette un éclair brilla,
qui ressemblait fort à un éclair de jalousie.
Elle répondit :

— Vous ne devriez pas croire si facilement
à l'amour : vous êtes trop riche !

Adrien resta souriant. Il savait bien que la
fille unique de Montgodefroy, l'héritière de
Villegarde, ne l'aimait pas pour sa fortune.

— Voilà, dit-il, pour me punir d'avoir parlé
comme un fat. J'ai ce que je mérite.

Il changea le sujet ; puis après quelques
phrases de pure banalité mondaine, il prit
congé, honteux d'avoir à moitié trahi le secret
d'une autre. Chose étrange ! il ne souffrait
point comme jadis en voyant son amour dédai-
gné par Antoinette. Il savait où trouver, s'il
l'avait voulu, un accueil moins dédaigneux.
Et, certain qu'une source fraîche de tendresse

coulait dans le voisinage, il supportait mieux la soif, cruellement exaspérée, de son cœur.

De retour chez lui, ses yeux tombèrent sur un papier timbré qui l'appelait comme témoin aux assises de Melun, pour l'affaire Barillot : « Vol qualifié, avec tentative de meurtre ». Les journaux du matin avaient annoncé l'ouverture des débats pour la semaine suivante. Adrien ne se doutait pas qu'on allait lui faire son procès à lui-même, avant que le malfaiteur fût amené devant la Cour.

C'est pourtant ce qui eut lieu dans le salon d'Antoinette qu'il alla voir le lendemain. Comme il maugréait contre la corvée qu'il allait subir, mademoiselle de Louarn lui dit :

— Je comprends vos répugnances. Vous allez tenir dans vos mains l'avenir d'un pauvre diable ; car vous êtes, en somme, l'unique témoin. C'est une responsabilité bien effrayante !

— Mais non, répondit La Houssaye. Rien ne m'effraye moins que de faire condamner ce voleur qui a voulu me tuer. La seule chose qui m'ennuie, c'est le dérangement, les fastidieuses longueurs de l'audience, les odeurs, les contacts, la cuisine criminelle, en un mot.

— Ce sera fini pour vous en quelques heures. Mais lui, le malheureux! pendant combien d'années souffrira-t-il des maux plus durs? Songez à ce morceau d'existence — le meilleur — qu'on va lui retrancher! Peut-être qu'il sera un vieillard quand on lui permettra de recommencer à vivre!

— Si vous voulez mon opinion, dit Adrien, cette permission viendra encore trop tôt. Les crimes sont toujours punis trop doucement.

— Vous parlez ainsi parce que vous êtes parmi les impeccables, c'est-à-dire parmi les heureux. La faim ôte le libre arbitre d'un homme.

— Je crois entendre vos maîtres! s'écria La Houssaye emporté par l'indignation. Vous semblez être convaincue qu'on est toujours heureux quand on est riche. Faut-il vous répéter que j'envie Barillot? Il ne vous aime pas, lui! Et, mieux partagé que moi, il a connu votre compassion.

— Le malheureux! qu'y gagne-t-il, sinon votre haine? Je lis dans vos yeux ce que sera votre témoignage. Vous pèserez de toutes vos forces dans l'accusation!

— Que désirez-vous donc? Faut-il, pour vous plaire, affirmer que Barillot tirait à la cible?

Un instant, La Houssaye resta sans parler. Il revoyait en imagination le drame qui lui avait livré le secret de Louise. Dans son regard, à la pensée de cette douce créature, la flamme de la colère s'éteignit; ce fut d'une voix toute changée qu'il dit à mademoiselle de Louarn :

— Et, cependant, vous avez tort de croire que *je hais* ce misérable. Mais je ne puis changer la destinée... pour lui pas plus que pour moi !

— Je renonce à vous toucher, répondit Antoinette. Vous êtes indomptable !

— Qu'en savez-vous? Ce qui dompte les hommes, c'est la tendresse. Ai-je entendu de votre bouche une seule des paroles dont mon cœur a soif?

A ces mots, il se leva et prit congé d'Antoinette. S'il était revenu sur ses pas, il aurait trouvé toute en pleurs celle qu'il accusait d'être insensible.

XVIII

Deux jours avant son voyage à Melun, Adrien rejoignit, dans l'allée des Poteaux, Ferréol et sa petite-nièce qui faisaient leur promenade à cheval. Presque aussitôt, la conversation tomba sur l'affaire Barillot.

— Je suis fâchée, commença Louise, de vous voir mêlé dans ces débats. Si l'homme est condamné, ce sera d'après votre témoignage. Évidemment, il faut dire les choses comme elles ont eu lieu ; mais... mais...

La pauvrette ne savait comment sortir de sa phrase, d'autant qu'elle voyait les sourcils d'Adrien se froncer.

Il songeait déjà : « Va-t-elle aussi me demander de ménager cette canaille ? »

Tout haut, il questionna un peu vivement :

— Est-ce que Barillot vous intéresse ?

— Oh !... fit-elle indignée. Seulement... je n'entends parler que de bombes et de représailles. Si... ce malfaiteur a des amis... qui cherchent à le venger... Il me semble qu'à votre place je... je prendrais des précautions.

Devenue d'abord toute rose en apercevant Adrien, elle était pâle à cette heure. Le jeune homme ne perdit rien du changement, et cette tendre inquiétude lui causa une émotion véritable. Pour la première fois il sentait la douceur qu'aucune, peut-être, n'égale dans le bonheur d'être aimé : la caresse invisible d'une sollicitude jamais endormie, d'une tendre épouvante prévoyant tous les dangers. Il ne répondit qu'un seul mot, en regardant Louise comme il ne l'avait jamais regardée :

— Merci, mademoiselle !

On voit qu'il gardait les longues phrases pour *l'autre*. La dernière fois qu'il avait quitté Louise, il l'avait laissée avec un simple : « Pardon ! » Cependant il convenait en lui-même que la philanthropie d'Antoinette valait peu de chose, auprès des paroles qu'il venait d'entendre balbutier par des lèvres émues.

Barillot fut jugé à petit bruit et dans une seule audience, l'avocat n'ayant pas cru sage de réclamer son client comme un héros politique. Le principal témoin ménagea si peu l'accusé que la condamnation au maximum fut prononcée. Le soir même, Adrien couchait à Paris.

Chacun, la saison étant près de finir, ne songeait plus qu'à s'éloigner. Les Montgodefroy retournaient à Saint-Urbain ; Villegarde à ses bois. Quant à Pierre de Louarn, il se voyait retenu par ses occupations, ou plutôt par ses préoccupations : *l'Amendement social* était à l'agonie.

Pour être juste, son directeur l'avait tué. Ce rêveur au jugement douteux, incapable d'une démarcation dans les idées ou dans les hommes, pouvait attirer la foule pendant une heure, non la garder. Alors qu'un journaliste, pour réussir en France, doit cacher l'absence des principes sous une fausse apparence de conviction, Louarn était une âme de bronze montée sur pivot. D'ailleurs, le socialisme

chrétien passait de mode, précisément parce
qu'il devenait, grâce au plus auguste des
protecteurs, une façon de dogme religieux.
Pour un temps, le suc édulcoré de ses doctrines avait attiré les frelons dans un bourdon-
nement commun avec les abeilles ; mais les
deux essaims, — chacun mécontent de ce qui
pouvait satisfaire l'autre, — s'étaient repliés,
qui vers les ruches de la Foi, qui vers les
troncs desséchés de l'athéisme. La voix même
du chef qui prêchait l'union rappelait des
batailles trop grandes pour notre époque :
d'instinct, chacun reprenait sa place dans
l'inoffensive escarmouche des partis.

Déjà le triage avait eu lieu parmi les personnages connus du lecteur. Mongodefroy avait
supprimé doucement l'intimité d'Antoinette
avec sa fille. Le marquis n'avait plus et ne
cherchait pas à faire renaître l'occasion de voir
les Louarn. Fernand manœuvrait en dehors du
groupe, attendant chaque jour la capitulation de
l'ennemi, c'est-à-dire d'un notaire puissamment
riche orné d'une fille. De son côté, le brillant
Thomassin, l'apôtre féministe, quittait les par-
terres de roses pour des sillons moins fleuris,

mais plus sérieux. Il préparait une candidature socialiste, — socialiste jusqu'à quel point, on l'ignorait encore, — mais nullement chrétienne; il rompait avec *l'Amendement*, où, disait-il, on s'enrhumait dans les humides apitoiements de « Renée ». Quant à la belle Marthe, elle avait assez des apôtres mal vêtus et trop peu soignés dans leur personne. A cette heure, elle étudiait le bouddhisme sous la direction d'un bonze amateur, élégant et parfumé, qui catéchisait les Parisiennes dans sa garçonnière meublée en pagode hindoue. Le turban, la longue robe de soie rouge, la ceinture jaune qu'il portait dans l'intimité, donnaient un grand charme à ses théories sur la métempsycose.

De tous ces personnages, le plus malheureux était Antoinette. Elle avait quitté les neiges éternelles de l'impassibilité du cœur, sans pouvoir descendre jusqu'aux plaines ensoleillées de l'amour. Elle avait perdu l'éclat lumineux de la Foi sans trouver les ténèbres de la négation, commodes pour l'assoupissement de l'âme. Et tandis qu'elle essayait d'aimer les hommes pour eux-mêmes, à l'école

de « Renée », elle éprouvait le fade écœure-
ment que cause une nourriture où manque le
sel divin.

La Houssaye, pendant ce temps-là, tournait
sur place, avec une lenteur molle, ainsi qu'un
rameur lassé dont la barque est surprise entre
deux courants. Peu de mois le séparaient de
l'époque où il pourrait, où il devrait exiger
d'Antoinette l'accomplissement de la parole
donnée. Jusque-là il ne voulait plus penser,
ni lutter, ni prévoir. Il était devenu très
fataliste : ce qui doit être sera. Le temps,
pour marcher, a-t-il besoin que nous le pous-
sions par nos désirs ? Quelquefois, malgré tout,
l'avenir lui apparaissait dangereux ; mais alors
il songeait :

« Eh bien ! je ne serai pas seul à souffrir.
Une autre aussi sera malheureuse : la jolie
croyante qui n'ira pas faire son voyage de
Lourdes... avec le mari que demandait son
vœu. »

Depuis le procès de Melun, il vivait avec
Antoinette sur le pied d'une sorte de trêve.
Aucune allusion n'avait été faite aux sujets
irritants : « Renée », la condamnation de

Barillot, l'exécution attendue chaque jour de
l'homme aux bombes. D'ailleurs, Pierre de
Louarn était fort occupé d'un projet sur le
point d'aboutir : une retraite d'ouvriers prêchée
par l'abbé Esminjeaud, dans le local de
l'œuvre.

Elle commença la veille du jour fixé par
Adrien pour son retour au Mûrier. Pendant
qu'elle s'ouvrait, le jeune homme vint prendre
congé des Montgodefroy, eux-mêmes sur le
point de partir. Louise n'était pas au salon,
mais il la rencontra dans le vestibule comme
il sortait.

— Vous venez nous dire adieu ? fit-elle.

— Adieu ? non pas : au revoir dans quelques
jours, en Brie. Je rentre demain au Mûrier.

Elle retint mal un cri de joie :

— Comment ! vous quittez Paris ?

Elle ajouta aussitôt, voyant dans les yeux
d'Adrien le regard scrutateur qu'elle y trouvait
sans cesse depuis quelque temps :

— Je voulais dire... je pensais que... que
les sermons de l'abbé Esminjeaud vous retien-
draient. Vous aimez tant son éloquence !

— Je l'aime dans son église de village. Mais

ce club, tout religieux qu'il soit, me fait peur pour lui. Je l'ai vu tout à l'heure et me suis excusé de ne pas l'entendre.

— Cependant... n'avez-vous pas un peu besoin d'être converti ? demanda Louise avec son sourire qui semblait une rose dans la brume.

Adrien la regarda tant que dura le sourire, puis il répondit :

— Mademoiselle, pour certains égarés, il vaut mieux ne pas découvrir qu'ils se trompent... Mais vous ne sauriez me comprendre.

Un quart d'heure après, il sonnait à la porte des Louarn.

Le jour baissait. Antoinette était seule, écrivant, sans autre compagnie que celle d'une petite fille vêtue de noir, dont les traits communs témoignaient le précoce éveil des enfants du peuple de Paris. A la vue d'Adrien, mademoiselle de Louarn quitta son bureau et vint se mettre debout derrière un grand fauteuil, ses beaux bras, nus jusqu'aux coudes, appuyés aux sculptures du dossier. On aurait dit qu'elle se retranchait pour une bataille, et, véritablement, c'est une bataille qui allait avoir lieu : elle le savait.

Adrien, cependant, arrivait plus décidé que jamais, à garder la trêve. Ses nerfs étaient calmés, rafraîchis, même après une si courte entrevue, par les yeux, la voix, la seule présence de Louise. Il serra la main d'Antoinette, sans observer que cette main avait été lente à s'offrir. Sur la blancheur laiteuse du bras, il voyait les marbrures légères que les aspérités du chêne avaient marquées; et il songeait, dans sa griserie instantanée d'homme ardent et jeune, que ses lèvres, un jour, mettraient sur ces bras charmants des taches pareilles. Certes, la belle personne qu'il avait devant lui pouvait compter sur des heures ferventes d'adoration; mais elle n'était plus adorée à la façon d'une reine.

Devenue trop femme, depuis quelque temps, pour n'avoir pas compris cet état nouveau d'Adrien, pour ne pas le sentir à cette heure même, il faut lui rendre cette justice qu'elle regrettait l'auréole disparue dans une radiation plus terrestre. Par une fierté tout à sa gloire, peut-être aussi par le génie de contradiction naturel à l'esprit féminin, elle voulait retrouver sa couronne. Toutefois, en déclarant la guerre au sujet débarrassé du joug, elle ignorait que celui-ci avait une alliée secrète.

Pendant que tous deux gardaient le silence, ne pouvant se communiquer leurs impressions, la petite compagne d'Antoinette, effrayée par le visiteur, s'approcha d'elle et prit sa robe à deux mains. L'enfant, parmi les terribles disgrâces de sa destinée, avait le malheur d'être laide, et cette laideur, se juxtaposant à cette beauté, produisit sur Adrien l'effet d'une fausse note. Il demanda :

— Pour l'amour du ciel, que faites-vous de ce petit monstre ?

— Je voudrais, dit Antoinette, en faire une bonne femme et une honnête femme, ce qu'elle ne peut pas espérer d'être à moins d'un aide puissant.

— Elle est orpheline ?

— Pas encore ; mais, selon toute probabilité, elle n'aura plus de père demain, au soleil levant.

Trop peu âgée pour comprendre, la petite regardait mademoiselle de Louarn avec ses yeux brillants d'animal imparfaitement apprivoisé. Mais Adrien tremblait d'avoir compris. Par instinct, il fit un pas en arrière.

— Mon Dieu! s'écria-t-il, aurais-je devant moi la fille de... de cet homme qu'on exécutera demain?

— Soyez bon! fit Antoinette, à qui la pitié, la crainte, une autre émotion encore, donnaient une beauté touchante, complète, qu'Adrien n'avait pas encore vue.

Mais il ne la voyait pas; il était avant tout révolté dans sa justice de mâle, toute d'une pièce. Il regardait, avec une sorte d'effroi, l'infortuné petit être, issu de la bête féroce qu'on allait supprimer dans quelques heures. Tombant sur un fauteuil, la tête dans ses mains, il poussa un gémissement :

— C'est de la folie!

— Eh bien! dit mademoiselle de Louarn indifférente à l'exclamation, pensez que je suis folle. Ce n'est pas la première fois qu'on me le dit. Mais, du moins, j'ai des entrailles humaines. Que vous faut-il donc? Que l'innocente, dont sa mère ne veut plus, suive son père..., vous savez où?

— Par grâce! interrompit Adrien; nous n'écrivons pas un article. Répondez-moi sans

phrases... Qu'allez-vous faire de cette enfant ?
L'adopter, peut-être ?

— Vous oubliez que je suis trop jeune.
C'est « Renée » qui se charge d'elle ; mais,
chaque jour, pendant quelques heures, la petite
viendra chez nous. Je l'instruirai de mon
mieux.

— Votre père y consent ?

— Il y consentira. Je n'ai appris que ce
matin la sublime action de « Renée », qui
sera tenue secrète.

Adrien ne put s'empêcher de lever les
épaules ; à cette heure, il oubliait les égards
dus à la pauvre « Majesté » !

— Vous comptez sur le secret ? Il faut donc
que les cheveux gris de cette hallucinée et vos
cheveux bruns cachent la même inexpérience,
répondit-il. Je vous dis, moi, que les reporters
seront ici avant le coucher du soleil.

— Ah ! ce sont eux que vous craignez ?

— Je les crains pour vous, comme l'abbé
Esminjeaud craignait pour ses hosties les doigts
de votre ami Barillot. Je ne vous veux pas
profanée — ou même touchée — par le ridicule.

Ce mot fit bondir Antoinette que le commen-

cement de la phrase venait d'émouvoir plus
doucement. Les femmes tolèrent avec une
étrange facilité qu'on les croie capables de tous
les crimes. Laisser entendre que le ridicule
peut les atteindre, est une offense qu'elles ne
pardonnent pas.

— Sublime ou ridicule, que vous importe?
fit-elle en défiant du regard l'audacieux. Il est
trop tôt pour parler en maître!

— Hélas! plus tard..., il sera trop tard.
Écoutez-moi : je ne suis ni un maître ni un
homme sans cœur. J'ai autant de compassion
que vous pour les malheureux, mais plus d'ex-
périence de la vie. Donnez-moi cette infortunée;
je me charge de la mettre en lieu sûr. Elle ne
manquera de rien ; je m'y engage, aussi vrai
que je suis à vous.

— Non, fit Antoinette, farouche. Elle n'est
pas à vendre : on me l'a confiée, je la garde.

Et, prenant la petite dans ses bras, elle la
couvrit de baisers.

La Houssaye fut irrité de ces caresses comme
d'un odieux et suprême défi qui le révoltait.
Il demanda, tremblant d'une émotion singulière :

— Que donnerez-vous donc de plus, un jour, à des enfants qui n'auront pas au front le stigmate du crime?

— Mignonne! ange tombé du ciel dans la boue! ne crains pas que je t'abandonne, fit Antoinette sans répondre. Si le monde me blâme, si nul ne m'aime assez pour me soutenir, tu m'aimeras peut-être, toi, l'innocente!

Adrien se leva, surpris lui-même de la résolution qu'il sentait affermie dans sa volonté. Lentement, il prononça ces paroles:

— L'exaltation est une mauvaise conseillère. Je vous conjure de m'écouter avec votre raison. Direz-vous que je parle en maître? Hélas! que de fois je me suis reproché ma faiblesse... quand vous n'êtes plus là! Mais, cependant, il ne faut pas que le monde me plaigne, — au lieu d'envier mon bonheur, — le jour où vous prendrez mon nom... Ouvrez les yeux. Promettez-moi que cette enfant sera dans une heure chez sa mère adoptive, qu'elle ne franchira plus votre seuil. Foi d'honnête homme, je garantirai son avenir.

— Je ne promets rien; je ne m'engage à rien, fit Antoinette, les yeux fixés en avant, comme pour voir venir la catastrophe qu'elle pressentait.

Toute exaltation l'avait quittée ; elle était devenue calme, singulièrement. Sous cette beauté, sous cette jeunesse, même sous les erreurs d'un esprit tourmenté, on sentait le roc celtique, fondement de cette nature. La Houssaye, tout au contraire, était fort ému et tremblait de la tête aux pieds ; mais la volonté, à cette heure, maîtrisait la passion, de même qu'à d'autres heures la passion avait voilé le jugement. Il n'agissait plus en esclave amoureux, mais en homme prévoyant, tenu par sa conscience d'éviter la misère commune pour lui et pour une autre. Il avait le courage de ne pas regarder Antoinette ; dans sa pensée, il voyait Louise, celle qui lui aurait sacrifié tout au monde, sauf l'honneur et le devoir. A ce moment de lutte suprême, il était encouragé comme par la présence d'une amie.

— Comprenez-vous, demanda-t-il, que cette minute peut changer votre vie et la mienne ? Si vous êtes résolue de ne rien céder, jamais, le malheur nous attend. Or je ne veux pas voir souffrir ma femme ; la *faire* souffrir, encore moins.

— Ah !... C'est donc fini, ce grand amour ?

— On croirait que vous le souhaitez : qui peut dire que vous n'auriez pas raison ? Car, au lieu d'un malheur isolé, j'entrevois maintenant deux misères. J'avais pensé que *vous* tout au moins pourriez vivre heureuse, d'un bonheur de statue adorée, encensée, parée. Mais, aujourd'hui, j'ai peur que le temple ne devienne une maison comme toutes les autres, avec ses banales disputes ; l'idole, une simple mortelle qui connaîtra le malheur d'exécrer son mari, sans avoir jamais connu le bonheur de l'aimer. En un mot, je suis glacé par la crainte.

— Et alors ?

— Alors, je vous prie, je vous supplie de me rassurer en me sacrifiant... un généreux caprice. Laissez-moi, dès maintenant, vous protéger contre vous-même. Donnez-moi cette petite : ce sera pour son bien, je vous le jure.

— Non ! je ne veux pas être une poupée de luxe en vos mains. J'ai l'ambition d'être une femme utile à quelqu'un, à quelque chose. En vous cédant aujourd'hui, je vous tromperais sur ce que j'entends faire dans l'avenir.

Le jeune homme ne se hâta point de
répondre. Sans parler, sans voir personne, il
se promenait à grands pas, avec une impression
singulière de froid physique, malgré le soleil
de juin qui dardait ses rayons au dehors. Non
seulement il aurait donné tout au monde pour
ne pas être là, pour être né sur l'autre face du
globe; mais encore il regrettait d'avoir connu
la vie. Elle lui répugnait comme un repas
composé de mets indigestes, où il faut s'asseoir,
l'estomac serré, sans appétit. Lâchement, non
par amour, mais pour échapper à cette agonie
de quelques minutes, il fut sur le point de
dire : « Faites comme vous voudrez, et que le
sort s'accomplisse pour nous deux ! » Ce qui
l'en empêcha, surtout, fut la pensée d'autres
heures semblables à l'heure présente, qui
reviendraient comme les crises d'un mal dont
la mort seule délivre.

Il fallait en finir; mademoiselle de Louarn
attendait, serrant la petite fille dans ses bras
comme pour affirmer sa résolution. La Houssaye, très pâle, essaya d'un dernier moyen,
dont il ne mesurait pas l'effet sur cette nature
compliquée :

— Promettez ce que je vous demande, et mettez votre main dans la mienne. A quoi bon attendre jusqu'à l'automne pour nous marier ?

Antoinette eût cédé à l'amant, peut-être ; mais laisser croire qu'elle cédait à l'épouseur !... La seule idée de cet abaissement la raidit dans sa fierté. Elle posa ses lèvres frémissantes sur la joue pâle de la petite, en remuant la tête plusieurs fois. Toutes les négations du monde auraient eu moins d'énergie que ce geste silencieux. Adrien continua :

— L'heure est grave. Nous ne sommes des enfants ni l'un ni l'autre. Si nous devions nous quitter ainsi, probablement ce serait pour...

— Pour ne jamais nous revoir, acheva Antoinette. C'est, je crois, notre destinée. Je sens l'*adieu* dans l'air de cette chambre... Adieu donc !

La Houssaye, une dernière fois, chercha dans ces beaux yeux la séduction trop bien connue ; peut être qu'il souhaitait encore de l'y trouver. Mais les paupières baissées, la face rigide, cachaient le secret de mademoiselle de Louarn.

— Adieu !... répéta-t-il, saluant très bas.

Et la porte se referma sur lui.

« Renée », moins d'une heure plus tard, entra comme un tourbillon. La fille du condamné dormait dans les bras d'Antoinette qui pleurait à chaudes larmes, sans contrainte. « L'heure d'Adrien » était venue ; mais il n'était plus là pour le voir — et pour en profiter...

Se méprenant sur la cause de ce désespoir, la visiteuse interpella rudement sa jeune amie :

— Ne pleurez pas tant ! Ces gens-là ne méritent pas qu'on pleure sur eux. Croiriez-vous qu'ils refusent de me laisser cette enfant ? Ils me déclarent trop « bourgeoise », les idiots ! Idiots plus encore que méchants !... Allons ! réveille-toi, mignonne ! On nous menace des tribunaux, de la presse, de tout... Viens ! Le ruisseau t'appelle. Demain, tu y trouveras du sang : puisses-tu ne pas le reconnaître !...

Ces *phrases* de « Renée » produisaient sur Antoinette un effet bizarre. Elles semblaient couronner par une farce lugubre le dénouement qui venait de briser son cœur. Ainsi, on lui ôtait déjà cette petite malheureuse, cause de sa rupture avec Adrien !... Même cette épave du désastre lui échappait ! Elle essuya ses larmes,

avec une écœurante envie de se moquer d'elle-
même et, sans une protestation, équipa dans
son vêtement modeste celle qui retournait « au
ruisseau ». On aurait dit qu'elle était pressée
de la voir partir. Une seule question sortit de
ses lèvres :

— Êtes-vous bien sûre que ce sont *eux* les
idiots, et non pas *nous* ?

Quand la pauvre petite créature franchit le
seuil, docile et muette dans son effarement,
mademoiselle de Louarn oublia de l'embrasser.
Pourtant l'infortunée s'éloignait pour un voyage
gros de combien de tempêtes et de hontes !
Mais, à cette heure, Antoinette avait l'égoïsme
du blessé qui se désintéresse de la bataille. Le
moment était venu de songer à ses propres
misères.

Louarn revint pour dîner et fut surpris du
calme de sa fille, qu'il avait laissée le matin
très émue par l'exécution prochaine du
condamné à mort. Elle ne fit aucune allusion
au refus de la grâce demandée pour le criminel,
ne dit pas un mot de l'enfant si tôt reprise, ni
d'Adrien.

La voyant absorbée et taciturne, son père

essaya de la distraire en lui parlant de l'abbé Esminjeaud.

— Quel orateur ! S'il était connu, les plus grandes chaires de Paris se le disputeraient. Malheureusement, tu ne peux l'entendre : il parle pour des hommes — et pour des ouvriers. Tout permet de croire qu'il en convertira un bon nombre.

Antoinette parut soudain fort intéressée. Elle demanda quelques détails sur les heures des exercices ; puis elle ajouta :

— Demain matin, j'irai le voir après son instruction. Voulez-vous lui annoncer má visite ?

Elle se retira de bonne heure. Cette nuit-là ce ne fut pas la lampe de Louarn, le travailleur aux veilles prolongées, qui fut la dernière à s'éteindre.

XIX

A l'heure dite, mademoiselle de Louarn arrivait au local peu luxueux de la *Réunion chrétienne des ouvriers*. Introduite aussitôt dans un cabinet fort pauvre, qui servait provisoirement de sacristie, elle entendit la voix chaude, émue, du prêtre achevant son discours. La retraite avait lieu dans la salle des conférences, transformée en chapelle.

Quand l'homélie fut achevée, on distingua un bruit sourd : plusieurs centaines d'hommes s'agenouillaient. Soudain un chant s'éleva. Tous ces pauvres, condamnés au travail, répétaient, après tant de siècles de douleur humaine jamais interrompue, la prière composée par un roi malheureux à l'usage de ceux qui souffrent :

Miserere! Cette mélodie plaintive, tout empreinte
de la résignation orientale, monotone ainsi
qu'un gémissement, produisit une solennelle
impression sur Antoinette. Cette âme aussi avait
besoin de pitié, un besoin immense, qu'elle ne
pouvait dire à personne. Désabusée, désespérée
comme Faust, elle tâchait, comme lui, de crier :
Dieu ! Dieu ! Dieu ! Mais elle trouvait au fond
d'elle-même le sable aride laissé par un reflux
maudit : sa ferveur d'autrefois l'avait quittée !

Cela s'était fait sans bruit, peu à peu, avec
une facilité surprenante. Le rivage était encore
humide ; mais le flot bienfaisant qui berçait
jadis la pieuse Bretonne blanchissait au loin, à
peine visible sur l'horizon. Reviendrait-il quelque jour comme une marée bénie, pour mettre
à flot la pauvre barque échouée ?

Personne, cependant, ne lui avait dit qu'il
ne faut pas prier, qu'il ne faut pas croire. Seulement, presque tous ceux qui avaient pris
place dans sa vie depuis un an ignoraient sa foi,
la niaient par des silences polis de gens bien
élevés, ou bien la combattaient sans passion,
avec cette tranquille pitié dont on accueille
une enfantine légende. Marthe, « Renée »,

Thomassin, bien d'autres voulaient sauver le
monde par la science, par le dévouement, par
le sacrifice, par les rigueurs de lois nouvelles,
par tous les moyens. Mais, dans cette œuvre
de salut, Dieu et les Korrigans paraissaient
tenir la même place.

Antoinette, pour le moment, ne songeait plus
à délivrer le monde. C'était son propre cœur
qu'elle voulait soulager, dont il fallait à tout
prix combler le vide! Qui en aurait pitié?
L'abbé Esminjeaud, peut-être... A lui seul,
du moins, elle pouvait montrer sa désolation
sans craindre un sourire, ou quelque sentence
irrévocable comme celle d'Adrien.

Tandis qu'elle songeait ainsi, l'homme de Dieu
parut en sa présence. Il portait encore son sur-
plis de prédicateur, et mademoiselle de Louarn
en fut un peu gênée pour ce qu'elle avait à dire.
Mais lui, simple et souriant, tel qu'il était dans le
salon de Villegarde, s'avança les mains tendues:

— Chère mademoiselle, pourquoi venir? Je
comptais bien aller chez vous.

Elle répondit:

— Je ne peux pas attendre. Je me noie! Je
suis venue crier: au secours!

— Pauvre enfant ! dit l'abbé en la faisant asseoir. Vous nagiez si loin du rivage... et si mal soutenue ! Que s'est-il donc passé ?

— Tout m'abandonne, tout m'échappe, tout se brise sous ma main ou la déchire. Si vous saviez !... Peu de femmes, dans toute leur vie, ont enduré ce que je souffre depuis plusieurs mois.

— Hélas ! Vous ignorez les souffrances des autres... Il me semble, au contraire, que la Providence vous a traitée avec faveur !

— Oui, peut-être... tant que j'ai vécu sans m'apercevoir que mon cœur existe. Mais un homme l'a réveillé brusquement. D'abord ce fut de l'admiration que m'inspira le marquis de Villegarde... puis, en quelques heures, de l'enthousiasme. Tout changea en moi. Jusque-là j'étais fière de mon indifférence : il me parut tout à coup que la souveraine gloire était dans cette faiblesse, dans cette révélation d'une chose ignorée. Je me sentais des ailes : je volais... ou plutôt j'étais emportée. Quelles délices !... Mais quand j'ai laissé voir cette métamorphose, mon héros n'a même pas regardé sa conquête. Il m'a dit : « Vous êtes folle ! » Ah ! comme il avait raison, le sage marquis !

L'abbé avait appris d'Adrien toute cette histoire : l'aveu qu'il entendait ne fut pas une surprise. Il répondit :

— Vous êtes dure pour vous-même, plus dure que mon noble ami ne l'a été, sans doute : je le connais. Quant à moi, je ne saurais vous juger mal d'avoir senti quelque enthousiasme pour un homme de cette valeur.

— Si vous étiez femme et s'il s'agissait de votre orgueil, vous seriez moins indulgent. Quoi qu'il en soit, dans ce premier naufrage, la main d'un être généreux se tendit vers la mienne : je l'ai repoussée d'abord ; puis j'ai accepté l'épreuve du temps.

— Vous avez eu raison. Adrien La Houssaye peut vous soutenir ; sa main est loyale... autant que la vôtre. Laissez le temps calmer l'agitation de votre âme. Laissez le bonheur et la tendresse...

— Le bonheur !... s'écria Antoinette. Vous ne savez pas quelle créature maudite je suis. Chaque fleur que je touche meurt aussitôt. Je viens à vous comme une veuve d'hier... et l'on ne pourra pas même dire que je fus fiancée.

Elle raconta sa rupture avec Adrien : cette fois l'abbé Esminjeaud ne put cacher sa surprise. Mais, toujours prompt à découvrir ce qui peut être une consolation pour les cœurs malheureux, il dit à mademoiselle de Louarn :

— Ceci est infiniment regrettable, ma pauvre enfant. Toutefois... vous ne l'aimez pas, si j'en crois ce qu'il ma confié souvent. Donc, vous n'êtes à plaindre qu'à demi.

— Je ne *l'aimais pas*!... gémit Antoinette, le visage dans ses mains.

Tous deux se turent. Le prêtre, au bout d'un instant, reprit d'une voix émue :

— Je vous plains, à cette heure. Mais tout n'est pas fini. Laissez-moi lui parler, le rassurer... Pourquoi, aussi, l'effrayez-vous par vos idées ? Je ne vous comprends pas.

— Croyez-vous que je peux me comprendre moi-même ? Loin de cet homme, je me sentais gagnée par lui peu à peu. En sa présence, il y avait chez moi comme une révolte. Elle a éclaté hier. Je voulais être aimée comme autrefois, quand il me sacrifiait sa raison, sa volonté, son jugement, tout ! Je voulais, plus encore peut-être, ne pas lui laisser

voir que j'étais changée, dominée, vaincue...
vaincue si vite ! Allez ! notre cœur est d'une
complication étrange, quand il n'est pas formé
de cette pâte molle, coulée dans le moule
commun d'où sortent les mères de famille
modèles. Je n'aurais pas dû exister, n'étant
bonne à rien d'utile. Et, — vous l'avez vu, —
j'ai tant désiré faire du bien ! J'ai tant cherché
ma route vers l'idéal ! Qu'ai-je obtenu ? Je me
suis trompée : j'ai secouru des êtres indignes ;
ou bien ceux que je voulais sauver ont repoussé
ma main. Pendant ce temps-là, mes amis
jetaient le blâme sur moi... Et je suis seule
maintenant, toute seule dans ce monde plein
de révolte et de haine, où mes yeux ne voient
plus rien que l'injustice et la désolation !

— Eh bien ! regardez plus haut : là où se
trouvent la justice et l'espérance. Priez pour
que Dieu vous rende la paix.

— Ah ! fit Antoinette, prier !... je ne peux
plus !

Elle s'attendait à une parole sévère ; mais
l'abbé sourit, comme s'il ne prenait pas au
sérieux les mots qu'il venait d'entendre.

— Ma chère fille, depuis un quart d'heure

vous priez, et même très bien. La plainte d'une âme qui souffre est la plus éloquente des prières.

— Peut-on prier quand on doute? Ah! si je pouvais croire encore qu'il y a un bonheur, une équité, un repos après ce monde! Si vous pouviez me rendre l'espoir aveugle, puissant comme une certitude, qui vous soutient!

— Cet espoir, mon enfant, ce n'est pas moi qui vous l'ai pris. Je pourrais vous dire: allez, réclamez-le aux malfaiteurs qui en ont dépouillé votre âme, sans le remplacer par rien! Mais je vous parle autrement; je suis prêtre : j'ai les paroles de la vie éternelle. Ayez confiance, vous serez guérie !

— Hélas! je ne suis ni sourde ni aveugle. Je ne vois que trop. Les difficultés, les objections m'entourent...

L'abbé Esminjeaud ne souriait plus; mais une bonté grave, une force, une douceur étranges, rayonnaient dans ses yeux tandis qu'il regardait cette pauvre affamée d'idéal, d'amour et de foi. Tout à coup, d'un geste lent, il montra le confessionnal grossier qui occupait un des coins de la pièce :

— Mettez-vous là, dit-il presque à voix basse.

Très étonnée, choquée peut-être, mademoiselle de Louarn répondit :

— Je ne suis pas venue pour accuser mes fautes. Me croyez-vous donc une grande pécheresse?

— Vous n'étiez pas une grande pécheresse non plus, quand votre mère, pour la première fois, vous conduisit aux pieds du ministre de Dieu. En ce temps-là, vous n'aviez pas d'objections; vous aviez la foi, l'humilité sainte, le désir pieux d'être bonne... et vous aviez votre mère ! Écoutez-la : elle vous regarde en ce moment, elle vous parle par ma bouche. Encore une fois elle vous dit : « Va, mon enfant bien-aimée, agenouille-toi ; dis que tu es fâchée de n'être pas meilleure, promets d'être plus sage. Et la voix qui te répondra, — non pour te gronder, sois sans crainte, — est celle de Dieu près de qui je suis, près de qui nous serons ensemble, *pour toujours*. » Allons! ma fille, ma chère fille, mettez-vous là.

Antoinette écoutait, la tête dans ses mains, songeant à sa mère qu'elle avait adorée, se souvenant aussi d'une matinée à Villegarde où elle avait si bien prié, parce qu'elle voyait un rayonnement divin sortir des yeux du prêtre, le même qui l'exhortait aujourd'hui. Elle sentait son cœur se fondre, s'incliner sous le poids d'une immense fatigue. Elle éprouvait une compassion infinie sur elle-même. Tout haut elle soupira :

— Ma pauvre maman!... pourquoi êtes-vous partie ?

Et les larmes commencèrent à couler entre ses doigts. L'abbé ne disait rien, car il savait qu'une voix plus éloquente que la sienne parlait à cette heure.

Soudain, mademoiselle de Louan laissa tomber ses bras, vaincue. Se levant, comme brisée, toute chancelante, elle se dirigeait vers le confessionnal...

XX

Adrien n'avait pas quitté le Mûrier depuis
plusieurs jours. Du moins il n'en sortait que
pour de longues promenades solitaires, soit
à pied, soit à cheval, pendant lesquelles il
éprouvait ce phénomène moins impossible que
ne prétendent les philosophes, de ne penser à
rien. A vrai dire, il se complaisait dans cette
atonie bienfaisante, inespérée... Quelques mois
plus tôt, il aurait levé les épaules si quelqu'un
lui eût dit qu'une rupture avec Antoinette
pourrait le laisser vivant. Et non seulement il
vivait encore, mais il était sorti de cette chute
froissé plutôt que brisé. Même il était honteux
de cette guérison facile, comme d'un symptôme
d'infériorité dans l'ordre sentimental. Sauvé

des écueils, — il comprenait de plus en plus qu'un mariage avec Antoinette eût été leur malheur à tous deux, — le naufragé se demandait s'il n'avait pas quitté le bord trop vite et trop tôt. Pourtant, il ne soupçonnait pas qu'il avait laissé la désolation sur le navire.

Du côté de Saint-Urbain, le calme était encore plus grand. La belle Marthe s'était tirée de peine sans tempête ni tonnerre ; tout au plus un échouage par beau temps, non dangereux. Thomassin jeté à la mer, le charmant vaisseau reprenait sa route avec un air un peu penché, comme il arrive après un déplacement de la cargaison. Le professeur de bouddhisme, bien que curieux à entendre et beaucoup plus *du monde* que Thomassin, péchait par deux inconvénients graves. Il était platonique, ce qui limitait son agrément comme causeur, et végétarien, ce qui limitait son agrément comme convive. Bref, Marthe s'ennuyait fort dans son château de la Brie.

Rentrant chez lui pour dîner quelques jours après leur installation, Honoré, si terne habituellement, rapporta des nouvelles intéressantes :

mademoiselle de Louarn était partie, devant passer les beaux jours en Bretagne, chez une tante ; son frère épousait la fille de l'opulent notaire, un parfait laideron, s'il fallait en croire la renommée.

Antoinette partie! le fait était bizarre. Elle prétendait, une semaine avant, que son père avait besoin de sa présence. Combien plus au moment du mariage de Fernand !

Avec l'instinct des femmes en ces questions, Marthe flaira quelque mystère de brouille curieux à déchiffrer. Le lendemain, un exprès portait au Mûrier une invitation pour le soir même. « Sans habit, disait la carte timbrée d'un lotus : il n'y aura que vous. »

Un an plus tôt, La Houssaye eût pesté contre la politesse de sa voisine. Cette fois il aurait pu s'étonner lui-même du plaisir qu'il éprouvait à l'accepter. Il arriva de bonne heure et, dès le premier regard jeté sur son invité, madame Montgodefroy comprit qu'il y avait du nouveau dans la situation.

— Vous êtes depuis plus d'une semaine à une demi-lieue de chez nous, dit-elle. Attendiez-vous donc ma citation en bonne forme pour venir à Saint-Ubain ?... Mais j'imagine que vous alliez à Paris tous les soirs.

— Comme cela me ressemble! Vous connaissez mes habitudes, pourtant.

— Ne faites donc pas le finaud. Elles sont joliment dérangées, vos habitudes ! Quand partez-vous, sous prétexte d'admirer la mer au Croisic — ou sur l'une des plages de la Loire-Inférieure?

— Lorsque vous partirez pour les Indes, la terre sacrée du bouddhisme.

— Nul ne m'attend aux Indes, cher monsieur ; tandis que vous êtes attendu en Bretagne.

— Je voudrais bien savoir par qui?

— Mon Dieu ! que de mystères! Vous allez voir qu'il ignore jusqu'au nom d'Antoinette de Louarn.

— Comment! elle est partie ?

Le plus habile comédien n'aurait pu jouer l'étonnement avec cette perfection. Il était évident qu'Adrien, jusqu'à cette heure, n'était pas informé du départ d'Antoinette. Cependant sa physionomie ne laissait pas voir la consternation qu'il aurait dû éprouver à cette nouvelle.

Madame Montgodefroy, qui l'observait sans
perdre un seul de ses mouvements, ne put s'y
méprendre et balbutia, tant elle était surprise :

— Mais alors... mais alors...

— Alors quoi? demanda La Houssaye un
peu rudement. Vous figuriez-vous, par hasard,
que mademoiselle de Louarn me tient au courant de ses moindres actions ?

Il était resté calme sans trop de peine. Pourtant ce départ imprévu lui serrait le cœur,
ainsi qu'il nous arrive à toute manifestation
de l'irrévocable. Après avoir réfléchi pendant
quelques secondes, Marthe reprit :

— Je me figurais du moins que vous alliez
nous faire part, d'un jour à l'autre, de vos
fiançailles avec Antoinette.

— Eh bien! fit le jeune homme que cet
interrogatoire ennuyait, vous vous êtes trompée :
voilà tout.

Au même instant Montgodefroy parut avec
sa fille, et La Houssaye fut frappé du changement survenu dans toute la personne de Louise.
Il n'était pas besoin de demander si elle était
instruite du départ de « son amie »; encore
moins de chercher ce qu'elle pensait de ce

départ. Sa taille s'était redressée : l'énergie de
l'espérance brillait dans ses yeux. Elle ne trai-
nait plus son amour comme un fer de flèche
mystérieusement incrusté dans sa chair. Elle
semblait le porter dans ses mains comme une
lampe dont il fallait cacher les rayons.

Sa mère elle-même, sans comprendre la
métamorphose, en fut frappée. Elle dit, avec
un mélange de plaisir maternel et de regret de
femme qui se sent mûrir :

— Mon Dieu ! quelle grande fille j'ai là !

Ses yeux ajoutaient :

« Quelle jolie fille ! »

Elle ne pouvait s'empêcher de se complaire
en son œuvre. Si les traits fins, distingués
de Louise étaient ceux de son grand-oncle,
du moins elle tenait de sa mère les impeccables proportions, les lignes parfaites, bien
qu'encore timides, les attaches merveilleuses,
dignes du grand art grec. Adrien voyait tout
cela, lui aussi ; mais il était seul à deviner
cette lueur très douce qui brillait, tendrement
voilée. Aucune des personnes présentes, excepté
lui, ne savait pourquoi cette jeune fille embel-
lissait au point d'étonner sa mère...

Tout à coup il se souvint qu'Antoinette était partie, qu'il était le plus malheureux des hommes. Il avait dit adieu à l'amour jusqu'au tombeau et il en était attristé, mais charitablement, à cause de Louise. Il songea :

« Pauvre petite ! elle se réjouit trop tôt. La voilà rayonnante parce que... *l'autre* s'est éloignée. Comment faire pour l'empêcher de croire au miracle, à *son* miracle ? »

Ce qu'il aurait fallu faire tout d'abord, c'eût été de sembler lui-même plus malheureux. Louise l'observait, comme le malade qui commence à retrouver l'espoir cherche à lire dans les yeux du médecin. Elle ne trouvait pas en lui ce chagrin, caché plus ou moins, qu'elle s'attendait à y trouver, résignée d'avance à la blessure que lui causerait cette vue. Adrien était grave et parlait peu ; mais — la pauvrette s'y connaissait ! — il n'avait pas cette fièvre que cause une torture dissimulée. Enfin il supportait sans crispation, sans amertume, la présence d'une jeune fille... qui n'était pas Antoinette.

Cependant on s'était mis à table ; on causait du prochain mariage de Fernand de Louarn.

Le banquier dit :

— J'étais sûr depuis longtemps que ce garçon-là finirait par trouver un sac.

Mademoiselle Montgodefroy, s'oubliant, dit avec impétuosité :

— Ah ! moi aussi...

— Vraiment ! Et pourquoi donc ? fit Honoré dont les gros yeux exprimèrent un étonnement drôle. Est-ce que, par hasard, ce jeune homme aurait...?

— Demandé ma main ? Oh ! pas tout à fait. Mais il m'a ouvert son âme ; il m'en a laissé voir les trésors. Croyez-vous qu'il soit le séul ? En vérité, papa, vous auriez le sac modeste. Ces messieurs nomment cela : poser des jalons.

— Ma parole, tu trouves la chose fort naturelle ! Voyez un peu ! Que diable, ces affamés pourraient attendre que nos filles soient baptisées — quand elles ne sont pas juives.

— Mais, papa, je vais sur mes dix-neuf ans. Si ma famille l'oublie, vous ne pouvez empêcher que d'autres s'en aperçoivent.

— Qu'ils s'en aperçoivent ou non, je te prie de persévérer dans ton attitude... décourageante. Le contrôle des « jalons » me regarde, tu sais?

— Soyez tranquille, papa. Je n'aurai pas beaucoup de peine à... « persévérer dans mon attitude ».

Louise soupira en disant ces mots. Elle semait les tendres soupirs sans compter et sans savoir, ainsi qu'un millionnaire dont la poche est trouée sème les louis sur la route. Et certain jeune homme, fort peu scrupuleusement, ramassait l'or de cette tendresse. Encore si ç'avait été pour le rendre !...

On acheva gaiement la journée par une flânerie dans le parc et une causerie sous la véranda. Honoré s'amusait fort à la pensée que Louise avait rabroué le beau Fernand ; mais on pouvait déjà voir qu'il changeait sa manière d'être avec sa fille. Celle-ci, traitée en « demoiselle » pour la première fois, découvrait un esprit ignoré, avec cette pointe de rouerie dans l'innocence qui distingue les jeunes Parisiennes même sévèrement élevées. Chez les autres, c'est l'innocence qui perce — quelquefois — sous la rouerie.

Quant à madame Montgodefroy, elle se résignait courageusement à cette évolution singulièrement brusque, mais inévitable. Elle pensait, comme toutes les mères qui ont eu de grands succès :

« Ma fille ne sera jamais ce que je fus, ce que je suis encore pour deux ou trois ans. »

Dieu sait ce qu'elles contiennent de mois, ces années de répit que la femme s'accorde avant la dévotion et les toilettes sombres !

La Houssaye rentra au Mûrier légèrement étourdi, mais plutôt content. C'est ce qui arrive à ceux qui prennent congé du chirurgien après une opération faite sans douleur. Entre lui et mademoiselle de Louarn, tout était rompu. Elle était partie !... Et le cœur d'Adrien n'éprouvait qu'un vertige désagréable, quelque chose comme l'hallucination laissée par le chloroforme. Sans doute il allait souffrir quand le bienfaisant sommeil aurait disparu. Mais, en attendant, il s'analysait déjà, ce qui est bon signe.

L'analyse ne suffisant pas à expliquer d'une manière glorieuse pour lui ce qu'avait été son amour pour Antoinette, il conclut par cette interjection mentale :

« Peste soit de l'amour ! »

Les amoureux qui conspuent leur dieu

ressemblent aux joueurs qui déchirent les cartes :
il faut se défier de leur conversion.

Adrien, toutefois, sentait en lui quelques
remords. N'avait-il pas été pour mademoiselle
de Louarn un juge par trop inflexible ? En
retournant cette question dans son esprit, il
oubliait de s'en poser une autre : se serait-il
figuré, six mois plus tôt, que dix jours de
séparation le calmeraient au point de dis-
cuter gravement avec sa conscience ? Pauvre
conscience ! elle ne s'approche guère de l'amour
que pour lui porter les derniers sacrements !

Quoi qu'il en soit, Adrien pensa qu'un seul
être au monde pouvait le rassurer : l'abbé
Esminjeaud, qui avait tant de fois écouté ses
plaintes. Résolu d'aller le voir, il écrivit pour
s'annoncer, indiquant à mots couverts le sujet
de sa visite. Mais l'abbé, dans une réponse
très courte, laissa voir qu'il était obligé au
silence.

« Vous savez, disait-il, combien vous pouvez
compter sur mon amitié. Toutefois, dans la
conjoncture, je dois songer qu'avant d'être
votre ami je suis un prêtre... et un confesseur.

Du reste, comme ami, comme prêtre, comme confesseur, je ne pourrais vous faire entendre que ces paroles: Soyez en paix; laissez agir Dieu! »

La Houssaye fut grandement étonné : il ne croyait pas Antoinette si dévote. Mais il était accablé de lassitude; il ne demandait qu'à vivre paisiblement, à dériver sans lutte au courant de la destinée. Ne pouvant faire sa visite à la Morinière, il jugea bon d'en faire une à Saint-Urbain. Là, c'était lui qui était le confesseur, à l'insu de la pénitente, et l'on peut croire qu'il n'avait pas envie de refuser l'absolution.

Le hasard, sans doute, fit qu'il arriva chez ses voisins juste une heure avant le dîner. Montgodefroy refusa de le laisser partir et la belle Marthe elle-même témoigna qu'elle désirait le garder comme convive. Louise ne dit rien; mais ses paupières battaient comme des ailes de papillons sur un champ de bleuets, tandis qu'Adrien se faisait prier, pour la forme. Cette prière muette, adressée par de jolis yeux, ne laissait pas que d'être agréable

à recueillir, même pour un homme qui avait
envoyé l'amour au diable. Du reste, il s'y
envoyait lui-même, sans bien préciser pourquoi,
avec la vague notion qu'il avait manqué sa vie.

Ce soir-là il fut question du mariage de
Fernand de Louarn que les journaux annon-
çaient, avec une étude héraldique sur la
famille du fiancé. Montgodefroy, oubliant qu'il
parlait devant une Renuzart terriblement
mésalliée, tonna contre les mésalliances.

— On les regrette neuf fois sur dix.

La châtelaine eut un mot quelque peu cruel :

— Ajoutez au moins, pour la galerie, que
vous ne vous êtes pas mésallié.

— Mais si, ma chère, dit Montgodefroy :
je suis un mésallié. Seulement, — il salua
sa femme avec une ironie très talon-rouge,
— seulement, je suis le dixième, celui qui ne
regrette rien. Vous allez me trouver ridicule :
selon moi, un homme fait toujours une mésalliance quand il prend femme hors de sa caste,
même s'il la prend au-dessus. Qu'en pense la
galerie ?

— Mon Dieu ! fit Adrien, je me demande où
se trouve la caste aujourd'hui, sauf sur l'ar-

19.

genterie et les panneaux des voitures. On voit maintenant les héritières des compagnons de saint Louis devenir républicaines, démocrates, égalitaires, libres penseuses...

Il s'arrêta, rougissant jusqu'aux yeux, car ce qu'il disait en songeant à mademoiselle de Louarn, s'appliquait par trop bien à la maîtresse de céans. Par bonheur, tout le monde comprit que cette tirade visait une absente. Montgodefroy, charitablement, se hâta d'aiguiller :

— Les Louarn vont nous inviter au mariage. Pour mon compte, je déclare que cela m'ennuie fort.

— Moi aussi, déclara vivement La Houssaye.

Louise fut transportée de bonheur à ces paroles. O joie! la perspective d'une rencontre avec mademoiselle de Louarn *ennuyait* Adrien !

Le banquier dit à sa fille :

— Et toi? Tu ne dis mot! Pourras-tu sans pâlir voir ton ancien amoureux jurer sa tendresse à une autre?

— Non, dit-elle ; je pâlirai — de terreur. Quoi de plus effrayant qu'un mariage où la tendresse n'est pour rien?

— Parle moins vite, malheureuse! N'as-tu
pas toutes les chances d'être épousée pour ton
argent?

— Non, papa, dit la jeune fille avec une
expression singulière. Si je me marie, ce qui
n'est pas sûr, l'homme à qui je me donnerai
m'épousera pour moi-même, comme je l'épou-
serai pour lui.

Marthe, un peu brusquement, donna le
signal de quitter la table. On devinait en elle
un agacement. Restée seule avec son mari, sur
la fin de la soirée, elle demanda :

— Votre intention est-elle de jeter Louise à
la tête de notre voisin? A force de parler mariage devant eux, vous leur en donnerez l'idée.

— Vraiment! fit Montgodefroy, les mains
dans ses poches, les joues gonflées, comme
quand il méditait un gros coup de Bourse. Eh
bien! ma chère, je ne demande que ça. Mais
ils n'y pensent guère ni l'un ni l'autre !

Et, laissant sa femme bouleversée de cette
ouverture, le perspicace banquier gagna son
lit.

XXI

Dès lors, il ne se passa point de semaine qu'Adrien ne dînât chez les Montgodefroy. Dans cette maison, il avait deux amis et une ennemie, ou du moins une adversaire. Marthe, comme un lièvre longtemps battu, revenait au gîte, c'est-à-dire à l'aristocratie où, par un grand mariage de sa fille, elle pouvait rentrer superbement. Louise, héritière de Villegarde en plus de son bien personnel, était un parti capable de tenter un duc; les ducs à marier foisonnaient alors. Choisir La Houssaye pour gendre : quelle plaisanterie !

Ne pouvant fermer sa porte à la *persona grata* du chef de la famille, elle avait trouvé le moyen de l'environner d'un mur de glace. Le

moyen consistait à faire revenir à tout propos
le nom d'Antoinette. Bien qu'elle ignorât le fond
de l'histoire, elle voyait bien qu'une histoire
existait, du moins qu'elle avait existé. Elle
l'écrivit à sa façon, très habilement. Elle fit
d'Adrien une victime, laissant voir qu'elle
plaignait son échec immérité, qu'elle admirait
son courage, mais surtout qu'elle conservait un
espoir en sa faveur. Ces allusions, encore que
discrètes, mettaient Adrien sur les épines.
Mais comment dire qu'il n'avait que faire
d'être loué, ou d'être encouragé, ou d'être
plaint? Même il n'osait pas avoir l'air d'un
malade trop tôt guéri, ce qui eût été d'un
homme sans tact. Il courbait la tête, maudis-
sant les bavardes qui se mêlent des affaires
des autres. A peine s'il se risquait à regarder
Louise, qui, le nez dans son assiette, ne disait
mot, redevenue presque aussi malheureuse
qu'aux plus mauvais jours.

On apprit un beau soir que la fiancée de
Fernand pleurait une tante, ce qui restreignait
la cérémonie aux seuls parents. La mère de
Louise enveloppa son voisin d'un regard mouillé
d'émotion :

— Ah ! comme je suis contente !

Exaspéré, La Houssaye demanda :

— Faut-il croire que la défunte était votre ennemie ?

— Ce n'est pas à moi que je pensais, ingrat ! Vous avez dit vous-même que... certaines rencontres vous charmaient peu, — et c'est facile à comprendre. Comme vous êtes devenu nerveux ! Est-ce que vous ne voyagez pas cette année ?

Au mot de voyage, il y eut un changement soudain sur le visage de Louise : tel un jeune olivier dont un coup de vent retourne les feuilles. La Houssaye répondit :

— Non, madame : je reste au Mûrier, et je suis sûr que cela vous fait plaisir. Mon seul voyage aura pour but Villegarde et sa forêt, en novembre.

Ces douches d'eau glacée, dont Marthe l'inondait périodiquement, avaient un résultat que l'on devine peut-être : un nom, qui était autrefois *le seul nom*, commençait à lui prendre sur les nerfs. Ce n'est pas seulement la femme, quoi qu'en dise Hamlet, qui peut servir de synonyme à Fragilité.

Malgré tout, Adrien vivait dans un calme assez complet sinon très heureux ; mais bientôt il perdit cette tranquillité. Marthe Montgodefroy ne pouvant plus dissimuler au monde qu'elle avait une grande fille, prenait le parti de s'en priver le plus promptement possible en faveur d'un gendre. L'ouverture des chasses fit apparaître à Saint-Urbain des invités d'une espèce inconnue en ce lieu, tout au moins depuis plusieurs années. C'étaient des jeunes gens, comtes et marquis de la meilleure noblesse, non de la meilleure fortune peut-être, mais tout disposés à devenir riches par la grâce du septième sacrement. Ceux-là étaient priés par madame, tandis que monsieur n'avait pas d'autre invité qu'Adrien, en dehors des « fusils » quinquagénaires.

Perdu au milieu de tous ces gentilshommes pour qui les faisans n'étaient qu'un prétexte, et qui ne prenaient pas une peine énorme pour faire croire le contraire, ce jeune bourgeois commençait à souffrir vaguement. Dans son opinion, cette souffrance venait d'un intérêt dévoué pour Louise, qui méritait mieux qu'un chasseur... de dot. Mais, à chaque présentation, il voyait le regard de l'héritière se tourner vers lui avec le même rayon de tendresse.

« Allons! pensait-il, ce n'est pas encore aujourd'hui qu'elle va être adjugée! Nous sommes tranquilles jusqu'à dimanche prochain! »

De dimanche en dimanche, on atteignit sans encombre l'époque du séjour annuel du marquis à Saint-Urbain. La Houssaye comprit bientôt que l'oncle était le confident de sa petite-nièce, et que lui-même comptait un allié de plus. Mais cet allié l'embarrassait fort : il en savait trop long sur les affaires d'Adrien, au temps passé.

Chaque jour les deux amis se rencontraient pour une chevauchée matinale, comme cette fois où Villegarde avait surpris le châtelain du Mûrier montant *Elphin* avec une jupe. Ferréol, dans une de leurs promenades, évoqua ce souvenir, très naturellement, comme un fait de l'histoire ancienne. Même il ne craignit pas d'ajouter :

— Voudriez-vous être encore à l'année dernière, à pareille époque ?

Le jeune homme répondit quelque peu évasivement :

— L'année dernière! Est-ce possible?... J'ai l'impression qu'il y a douze ans, non pas douze mois.

— Alors, mon ami, c'est comme s'il y avait douze ans. C'était un feu de paille, et la paille, brûle vite! Quand vous aurez mon âge, vous verrez combien le genre humain dépense de ce combustible, même pour chauffer la grande chaudière du progrès. Fouillez les cendres qui se sont amassées, depuis quelques mois, en vous et autour de vous. Qu'est devenu... *Elphin?* Qu'est devenu Thomassin? Que sont devenus Pierre de Louarn et « Renée » ? Le seul qui soit toujours là, immuable, c'est l'abbé; mais ce n'est pas de la paille qu'il brûle. Vous devriez faire comme lui, dans un foyer moins solitaire. Vous êtes mûr pour le mariage, maintenant.

— Chut! dit La Houssaye. Ne parlons pas de ces choses. Faites attention qu'il y a encore plus d'un mois d'ici au 14 novembre. *Elle* m'avait remis à ce jour-là pour se prononcer.

— Bien! répondit Ferréol gravement. Je conçois que vous ne vous jugiez pas tout à fait libre. Laissons refroidir les cendres.

— Pauvres cendres d'un amour né trop vite

elles refroidissaient d'heure en heure! Tels, ces
tisons mourants qu'éteint le soleil en les tou-
chant d'un rayon lumineux. Déjà certains
regards d'Adrien, surpris par Louise, la faisaient palpiter; mais, craignant l'illusion, elle
tremblait d'angoisse autant que d'espérance, et
les invités de madame Montgodefroy défilaient
inaperçus. Marthe, cependant, ne perdait pas
courage et demandait à son oncle des invitations pour la Saint-Hubert, dont les préparatifs s'organisaient.

Le marquis se montra sourd, déclarant que
la première série était complète et que, *cette
fois*, il voulait chasser sérieusement. De fait le
château de Villegarde réunit, à l'ouverture de
la saison cynégétique, un choix exclusif de
veneurs *sérieux* sous tous les rapports, c'est-à-
dire étrangers à la politique, mariés ou, à la
seule exception d'Adrien, manifestement dis-
qualifiés pour le mariage. Les amazones, toutes
en puissance d'époux, n'avaient pas besoin
d'être escortées, sauf Louise... Mais Adrien
n'avait plus besoin que le marquis lui com-
mandât d'escorter sa nièce.

Il faut avouer, cependant, que le jeune

homme n'était plus qu'un veneur de pacotille.
La plupart du temps il n'aurait pu dire si les
chiens donnaient à vue ou tombaient en défaut ? Ces distractions ne trompaient ni les
yeux vigilants de Marthe, ni même ceux
de sa fille ; mais celle-ci, loin de s'en réjouir,
était consternée.

« Il songe à l'intrépide amazone de l'an dernier ! » pensait-elle.

Parfois, se souvenant qu'il admirait l'audace, elle voulait faire l'intrépide, elle aussi.
Mais Adrien protestait, avant même que la
mère eût parlé :

— Non, mademoiselle ! pas de sauts d'obstacles ! Vous n'êtes pas encore assez solide !
Prenons de ce côté.

Louise était rassurée par cette tendre tyran-
nie, et cependant elle avait souvent raison dans
ses craintes. Les moindres incidents de la
chasse réveillaient chez Adrien le souvenir
d'Antoinette, qui semblait être disparue du
monde. Que devenait-elle ? Sans doute, l'abbé
Esminjeaud, souvent invité par le marquis,
aurait pu le dire ; mais Adrien n'osait inter-
roger le bon prêtre depuis certaine réponse

qu'il en avait reçue. D'ailleurs, il aurait eu lui-
même à faire une confession tellement étrange
que la seule vue du confesseur l'intimidait.

Son malaise devint particulièrement insupportable le 14 novembre, limite qui avait été
fixée à son attente, alors qu'il attendait de
mademoiselle de Louarn son bonheur ou son
malheur. Comme on ne chassait pas, il resta
enfermé chez lui toute la matinée, refroidi jusqu'aux os par une tristesse lourde, comme s'il
eût veillé un mort. Il se revoyait l'an passé à
la même heure, seul avec Antoinette dans la
voiture qui les ramenait de la station. Il se
répétait : « Si j'avais été accepté, pourtant ? » Et
il sentait en lui-même une reconnaissance très
mélancolique pour celle qui l'avait repoussé,
qui, probablement, à cette même heure, songeait à lui, à cette inoubliable conversation
dans la forêt voilée de brume...

Un coup frappé à la porte le tira de son
engourdissement. Le courrier arrivait, conte-
nant ses journaux et la lettre suivante :

« Mon ami, félicitez-moi, car je suis très
heureuse. Vous souvenez-vous de l'entretien

que nous avons eu à l'hôtel de Meaux? Vous désiriez savoir si j'aimais quelque chose avec enthousiasme. Ce jour-là, je vous ai répondu non, ce qui était alors la vérité; mais, dans la suite, j'ai tâté de plusieurs enthousiasmes pour finir par ce zèle philanthropique... dont vous n'avez pu m'absoudre. Vous aviez raison, mon ami; car il ne suffit pas d'aimer les pauvres et les malheureux; il faut les aimer *bien*, et je les aimais fort mal. Je ressemblais, — parlons chasse encore une fois, — à une amazone qui aurait voulu monter *Elphin*, l'admirable *Elphin*, sans lui mettre un mors dans la bouche. Au premier obstacle sérieux, où seraient allés le cheval et l'écuyère?

» Maintenant, j'ai trouvé le mors indispensable : c'est l'amour du bon Dieu. On m'a montré qu'il faut l'aimer *d'abord*, et n'aimer le prochain qu'après lui, à cause de lui. Désormais je suis solide, et je vais repartir en chasse avec un autre costume: une belle guimpe blanche, une robe grise, et un crucifix au cou. Sachez-le bien et dites-le partout, car c'est la vérité sainte : je suis inondée de bonheur. Et, dans cette joie, la certitude que

vous ne serez plus en colère contre moi tient
une bonne place.

» Demain, quand vous lirez ces lignes, j'aurai
pris possession de ma petite chambre du novi-
ciat. Quelqu'un que vous savez ne m'a pas
permis d'y entrer plus tôt, disant qu'il faut
tenir une parole, même donnée aux humains,
et que, *jusqu'à demain*, je n'étais pas tout à fait
libre. Pourtant, je savais bien que vous me
laissiez libre, et je remercie Dieu que vous
l'ayez fait. Mon pauvre ami, comme nous aurions
été malheureux !...

» Je vous préviens que je prierai beaucoup
pour que vous trouviez une bonne femme ou,
plutôt, pour que vous l'épousiez vite, car elle
est trouvée, ou je suis aveugle. La nouvelle de
vos fiançailles sera le dernier écho du monde
capable de m'intéresser. Pour cadeau de noces,
vous aurez la bénédiction de

» Votre *sœur* bientôt, votre amie toujours,

» ANTOINETTE. »

La cloche du déjeuner sonna comme Adrien
terminait sa lecture ; pour manger un peu, il
dut se faire violence. Bien qu'Antoinette répétât

qu'elle était la plus heureuse des femmes, il sentait une étrange émotion lui serrer la gorge, tandis qu'une question, malgré ses efforts pour l'écarter, lui montait à l'esprit : cette femme, qui venait de mourir au monde quelques heures plus tôt, n'avait-elle jamais senti l'amour ? N'avait-elle jamais regretté, même un instant, celui qui « la laissait libre » ?... Cette lettre d'une sainte, presque d'une morte, exhalait un vague parfum de tendresse cachée, insaisissable. Telles ces étoffes, reliques du passé, que l'Orient nous envoie, et qui apportent dans leurs plis l'odeur expirante d'un parfum capiteux.

« Ma pauvre Antoinette !... Vous serez un mystère pour moi jusqu'à la tombe, » se dit Adrien dont les paupières étaient humides.

Dès qu'il put s'échapper, il fit seller un cheval et courut les bois, seul, toute l'après-midi. Le soir, en venant se mettre à table, il trouva l'abbé Esminjeaud qui semblait radieux.

— Je suis le messager d'une amie absente, que nous ne verrons plus, dit le saint prêtre. Mademoiselle de Louarn m'a chargé de vous

faire part à tous de son entrée au couvent.
Elle désire que nous prenions part à sa joie,
qui est complète.

Il y eut des exclamations étonnées ; mais ni
Louise ni La Houssaye n'ouvrirent la bouche.
Leurs regards s'évitèrent... De toute la soirée,
ils n'échangèrent pas un mot.

Le lendemain, de très bonne heure, Adrien
se rendait chez le marquis déjà prêt pour la
chasse. Il lui demanda :

— Vous souvient-il de vos paroles du mois
passé ? « La paille brûle vite. Le temps est venu
d'allumer un feu durable au foyer conjugal. »
Eh bien ! depuis quelque temps, peu à peu, la
chère flamme a pris naissance : elle ne s'éteindra
plus. Serez-vous contre moi si j'essaye d'obtenir
la main de votre petite-nièce ?

— Pourquoi serais-je contre vous ? répondit
Ferréol dont les yeux s'éclairèrent d'une joie
franche.

— Parce que mademoiselle Montgodefroy
pourrait épouser un grand seigneur. Mais, —
il n'y a qu'un homme au monde à qui je ferais
cette confidence, — elle veut bien... ne pas
s'apercevoir de mon indignité.

— De qui diantre le savez-vous ? Ce n'est pas d'elle, je suppose ?

— Non, c'est de Barillot. Vous me croyez fou, n'est-ce pas ? Permettez donc, avant de sonner pour qu'on m'emmène à Bicêtre, que je vous raconte un épisode secret de mes rapports avec ce brave garçon.

L'histoire du médaillon terminée, La Houssaye conclut :

—Voudrez-vous bien, maintenant, me servir d'ambassadeur ?

Ferréol répondit :

— Ce serait voler mes appointements, d'après ce que vous venez de dire. Toutefois, laissez-moi vous donner un conseil : n'ôtez pas à Louise le bonheur de croire à son miracle. Les femmes, voyez-vous, n'ont jamais trop d'idéal.

En même temps, le marquis appuyait le doigt sur une sonnerie : un domestique se montra.

— Qu'on dise à mademoiselle que je l'attends pour prendre son café chez moi, avant de monter à cheval.

Deux minutes après, une tête blonde, jolie à

ravir sous son chapeau d'amazone, paraissait entre les portières :

— Me voilà, Tonton. Quelle idée...

Elle s'interrompit brusquement à la vue d'Adrien qui devenait pâle, car il avait compris l'idée de Ferréol.

— Si ça t'ennuie, va déjeuner avec tout le monde.

— Oh non! ce sera amusant, cette dînette à trois.

Bientôt, pour dire les choses fidèlement, la dînette se réduisit à deux convives. Le troisième, dans la chambre à côté, achevait ses préparatifs, laissant refroidir sa tasse. Il chantait à pleine voix sur un ton joyeux, ces paroles de la plus belle des fanfares :

> Place à l'aimable châtelaine
> Qui seule doit régner ici,
> La voici...

Louise et Adrien n'avaient pas envie de chanter, ni même de manger. Villegarde, qui les voyait dans une glace, pensait à part lui :

— Comme ils s'aiment! Les voilà gauches

ainsi que des amoureux de village! Est-ce
qu'ils vont me faire chanter longtemps?

Par bonheur, Louise qui tournait sa cuiller
de vermeil dans ses doigts, la laissa tomber
sur le tapis. Adrien se mit à genoux pour
ramasser la cuiller et, trouvant la place bonne,
y resta, d'autant mieux qu'il avait rencontré
une petite main toute tremblante. La cuiller
tomba de nouveau : cette fois, elle resta sous
la table. Dans la pièce voisine, la fanfare
continuait. L'amoureux, n'ayant pas le temps
de faire de grandes phrases, n'en essaya qu'une
petite :

— Je vous aime! Voulez-vous être à moi?

La phrase de l'amoureuse fut bien plus
courte encore. Soudain, la musique s'arrêta;
Ferréol contemplait le groupe et disait de sa
plus grosse voix :

— C'est ce que vous appelez une dinette,
misérables?

Adrien n'avait pas l'air d'avoir peur. Il se
leva et, sans rien répondre, sauta au cou de
Villegarde qui l'accola joyeusement. Alors,
tout à fait rassurée, Louise cacha ses joues brû-
lantes sur la poitrine de son oncle qui, en ce

moment, avait dans le gosier autre chose que des fanfares.

Quand il supposa que sa voix ne tremblerait pas trop, Ferréol dit aux jeunes gens :

— Mes bons amis, le reste me regarde. Pour le moment, il s'agit de monter à cheval et de n'avoir l'air de rien. Car je vous avertis, mademoiselle, que vous paraissez radieuse. Jolie tenue pour une personne bien élevée ! Et si votre père dit non ?

— Je n'ai pas peur, dit Louise ; vous êtes avec nous ! D'ailleurs, je crois aux miracles.

— Ah ! fit Adrien, moi aussi ! Particulièrement aux miracles de l'amour.

Ce jour-là, Ferréol fut un maître d'équipage pitoyable. Une chose l'intéressait plus que les chiens, les défauts, les changes, les débûchés en plaine : c'était de regarder sa petite-nièce. Elle galopait doucement, le regard perdu au loin, dans une extase. On eût dit qu'elle était portée sur des ailes, plutôt que sur un vieux pur-sang, incapable, Dieu merci ! d'abuser des distractions de son écuyère. Elle n'osait tourner la tête vers Adrien, car il lui semblait que tout le monde, jusqu'aux piqueurs, épiait ses moindres gestes. Sa mère, saisie d'une inquiétude vague, la suivait comme son ombre.

Au bout de deux heures, La Houssaye informa Louise qu'on rentrait au château et qu'on n'avait pas pris le cerf. Elle eut un cri de joie :

— Quel bonheur!

Elle aurait voulu que pas un être ne connût la souffrance et la mort pendant cette journée, — unique pour elle dans l'histoire du monde, — où le désir de son cœur était comblé.

Vers le soir, Montgodefroy parut, arrivant de ses bureaux. Louise, embusquée derrière les persiennes, vit son oncle s'emparer de lui, au débotté, et le conduire dans un coin mystérieux du parc. L'entretien fut extraordinairement court; les deux hommes, quand ils revinrent, semblaient rajeunis de vingt ans. Presque aussitôt, Louise fut mandée chez sa mère, où le conseil était assemblé. Marthe courbait le front et regardait les bûches flamber dans l'âtre. Honoré dit à sa fille :

— Qu'est-ce que tu ferais maintenant, si je ne voulais pas?

Louise laissa tomber ses mains jointes et répondit :

— Mon cher papa, qu'est-ce que vous feriez si l'on vous apprenait que vous avez perdu jusqu'au dernier sou et qu'il faut mendier le reste de votre vie ?

— Je vais perdre ma fille : n'est-ce donc rien ?... soupira le brave homme, dont les yeux étaient mouillés.

Louise embrassa son père et baisa les joues de sa mère; celle-ci était de marbre. Avant l'entrée de sa fille, son mari avait dû lui faire entendre certaines vérités un peu dures, pour la mettre à la raison.

Comme le dîner sonnait, Ferréol s'empressa d'aller chercher lui-même Adrien, personnage indispensable au dénouement, qui fut court, ainsi qu'il convient aux dénouements faciles.

On décida que les fiançailles seraient tenues secrètes, jusqu'au moment où Marthe et sa fille rentreraient à Saint-Urbain.

Le jour suivant, mademoiselle Montgodefroy, accompagnée de son institutrice, entendait la messe à la Morinière. Ses yeux se levaient souvent vers le médaillon d'or pendu au cou de la Madone; elle ne se doutait pas qu'il était vide. Un bruit de pas vint troubler son recueillement : Adrien s'agenouillait près d'elle... En se retournant pour bénir, l'abbé Esminjeaud vit le couple et remercia Dieu.

Les jeunes gens revinrent bras dessus bras dessous par de jolis sentiers trop étroits, qui semblaient imaginés pour la circonstance. Comme la duègne était sur leur dos, — elle savait tout, mais une duègne est toujours une duègne, — ils ne pouvaient parler de ce qui remplissait leur cœur. Ils se dédommageaient en faisant des projets; la fiancée déclara que le Mûrier lui plaisait fort comme résidence. Adrien objecta :

— Nous allons passer pour des avares qui craignent de dépenser leur bien.

— Oh! nous le dépenserons, affirma Louise. Vous souvenez-vous de la fameuse théorie sur la circulation des capitaux ?

— Bonté divine ! s'écria La Houssaye. Voilà maintenant que vous allez devenir socialiste !

— Mais je le suis, répondit-elle en riant. Moi aussi, je trouve que la société va mal : les riches ne donnent pas assez. Dans leur budget, ils devraient faire aux pauvres une plus grande place, gagnée sur le luxe. Toutefois, ce n'est pas notre argent seul qu'il faut donner : c'est aussi notre temps. Il faut franchir chaque jour la frontière qui nous sépare du royaume de la souffrance. Il faut moins plaindre les malheureux, — ils ne sentent que trop leurs peines, — mais il faut les aider mieux. Jésus ne les plaignait pas; il leur disait sur la montagne : « Vous êtes heureux ! » Mais en même temps, il multipliait les pains, guérissait les infirmes, rendait la vue aux aveugles. Moins de paroles, plus de bonnes actions ! Voilà ma doctrine sociale, puisqu'il est à la mode aujourd'hui d'en avoir une. Entre nous, c'est l'abbé Esminjeaud qui est mon maître.

— Je serai votre disciple, promit Adrien. Car votre doctrine est la seule vraie.

Alors, ils parlèrent de leur installation, de leur genre de vie. Peu à peu Louise devint agitée et comme inquiète. On voyait qu'elle désirait aborder une question embarrassante. Enfin, jugeant sans doute que son auditeur était bien disposé, elle demanda :

— Votre intention est-elle que nous fassions un voyage, après que nous serons mariés ?

— Sans doute, répondit-il. Ne serez-vous pas bien aise de voir un peu l'Italie ? Ou bien que diriez-vous d'une saison au Caire ?

Elle ne vit pas le sourire singulier qu'il avait en faisant ces propositions. Ce n'était ni à Rome, ni en Egypte qu'elle désirait aller, et cet homme plein de ruse le savait bien. Toute craintive, elle reprit :

— Nous irons où vous voudrez ; car mon plus grand bonheur sera de vous obéir. Mais, si vous me permettiez un caprice... N'ayez pas peur : j'en aurai peu.

— J'espère bien que vous en aurez beaucoup ; j'y gagnerai mes plus chers plaisirs... Mais voyons toujours le premier.

— Je voudrais commencer par... les Pyrénées, déclara la jeune fille. J'ai un grand désir de voir Lourdes.

Elle fut toute surprise de l'émotion avec laquelle son fiancé lui baisa la main, en faisant la promesse demandée. Elle répondit simplement :

— Si vous saviez comme je suis heureuse !

Dans sa jeune poitrine, elle sentait son cœur bondir, comme prêt à s'envoler dans un grand battement d'ailes jamais lassées : les ailes de l'Amour et de la Foi. Et ce double enthousiasme se lisait si bien dans ses yeux, que l'amour, un instant, fut jaloux de son immortelle compagne. La Houssaye trouvait que sa part diminuait trop dans la reconnaissance de Louise : elle semblait ingrate envers l'homme en tournant vers Dieu tant de gratitude. Aussi l'homme se promit de faire savoir à la chère enthousiaste, le moment venu, quel miracle très humain avait rapproché leurs voies en ce monde. Il décida qu'elle verrait un jour le fameux billet...

Cependant lorsqu'ils se furent agenouillés ensemble, deux mois plus tard, au pied du roc d'où jaillit la fontaine sainte, Adrien sentit s'évanouir cette jalousie : le bonheur supprimait en lui tout autre sentiment. Quelques heures après, tandis que sa jeune femme déroulait ses cheveux blonds dans la chambre voisine, il tira de son portefeuille ce bout de papier qui lui rappelait tant de souvenirs. Il le relut, y posa ses lèvres... et l'approcha d'une bougie allumée. Sa main tremblait un peu en détruisant cette relique doublement précieuse. Mais, à cette heure, il se jura d'emporter le secret avec lui dans sa tombe. Il se souvenait que Ferréol avait dit :

« Les femmes n'ont jamais trop d'idéal ! »

D'aucuns ajouteront : « Et les hommes jamais assez ! »

FIN

IMPRIMERIE CHAIX, RUE BERGÈRE, 20, PARIS. — 23063-11-95. — (Encre Lorilleux)